碧井ウタ
illustration. わか
JN010323
役立たずスキル【ログインボーナス】で
捨てられた令嬢が、本当の幸せをつかむまで

ヴィンセント
スキル「剣聖」を持って生まれた
リネハンの次期辺境伯。
とある事件のせいで顔の一部が
醜く変化している。
ジョアンナ
スキル「ログインボーナス」の持ち主。
マーランドの伯爵令嬢であり、
前向きな頑張り屋。

ケルヴィン
スキル「剣聖」を持ったヴィンセントの父。
穏やかな物腰だが頭が切れる
リネハンの辺境伯当主。
セリーナ
スキル「剣術」を持ったリネハンの
辺境伯夫人でヴィンセントの母。
温厚で情が深く、
ジョアンナを優しく迎え入れる。

Contents

第一章	婚約解消と新しい婚約	002
第二章	ジョアンナに起こった奇跡	050
第三章	当主の帰還と来訪者	097
第四章	ヴィンセントに起こった奇跡	148
第五章	誕生日の贈り物	191
第六章	二人の未来	228
	エピローグ	266
番外編	小さな恋の終わり	271
番外編	ヴィンセントの腕輪作り	277

役立たずスキル
ログインボーナスで
捨てられた令嬢が、
本当の幸せをつかむまで

碧井ウタ

illustration. わか

第一章　婚約解消と新しい婚約

「すまない……ジョアンナ」

「ごめんなさい。お姉さま！　フィリップ様を愛してしまったの……」

ジョアンナは目の前に座る男女を、冷めた目で眺めていた。

気まずげに視線をさまよわせている男は、自分と来月に結婚するはずだったフィリップ。

震えながら涙を浮かべている女は、妹のキャロラインだ。

どうやら彼らは「真実の愛」というものに目覚めてしまったらしく、フィリップはジョアンナとの婚約を解消したいそうだ。

泣き出したキャロラインの肩を抱き寄せて、彼女を守るように寄り添っているフィリップ。

そんな二人を瞳に映しながら、頭の中はどんどん熱を失っていく。

——泣きたいのはこっちよ！

ジョアンナは頭が痛くなり、思わず溜め息が漏れてしまった。

それを見たキャロラインが怯えたようにピクリと震え、大きな瞳に涙を浮かべていく。

——これじゃ、こっちが悪者みたいじゃない……。

また溜め息が漏れそうになったのをなんとか我慢して、ジョアンナは冷めた紅茶を一気に飲み干した。

結婚式を来月に控えたこのタイミングで、まさか婚約解消を持ちかけられるとは夢にも思わなかった。

しかし、心のどこかで「やっぱり」と納得してしまう冷めた自分もいる。フィリップのジョアンナへの関心が薄れていることには、とっくに気がついていたのだ。

二人が婚約したのは約五年前。ジョアンナが十二歳、フィリップが十五歳の時だった。

当時、ジョアンナの実母はすでに亡くなっており、父はキャロラインの実母と再婚していた。

父が再婚して母娘《ふたり》が屋敷にやってきた頃は、妹ができたと無邪気に喜んでいたジョアンナ。

しかし、成長してある程度の知識を得た今では理解できる。キャロラインとジョアンナは同じ歳だ。誕生日もたった三か月しか違わない。

父と継母は母が生きているうちから、いい仲だったのだろう。

ジョアンナの生まれたマーランド伯爵家は、歴代に何人もの素晴らしい【水魔法】の使い手を生み出した……いわゆる名家だ。

すでに亡くなっている祖父は、国で一番の【水魔法】の使い手として知られていて、当主としての職務だけではなく王宮で魔術師としても活躍していた。

祖父と違って父には残念ながら優れた魔法の才能がなかった。しかし、伝統のあるマーランド家に生まれて【水魔法】のスキルを持っていることを、父は誰よりも誇りに思っていた。

そんな父が娘の婚約者を探す時に何より重要視したのは、【水魔法】のスキルを持っていること。その理由は、スキルは親から子へ遺伝で継承されることが多いと言われているからだ。

　そして、もうひとつ。

　マーランド家には子供がジョアンナとキャロラインの二人しかいなかったので、マーランド家に入り父の跡を継いでもらうことである。

　そうして、白羽の矢が立ったのが遠縁の子爵家のフィリップだった。彼は【水魔法】を持ち、三男だったのでマーランド家を継ぐことも可能だった。

　婚約相手がジョアンナに決まったのは、キャロラインがフィリップを気に入らず、婚約を拒否したからだ。

　初めての顔合わせの時、フィリップは背が低くぽっちゃりした体型だった。そんな彼をひと目見たキャロラインは「あんな男の子とは結婚したくない」と言い張ったのだ。

　実の娘であるキャロラインをマーランド家の後継者にしたがっていた継母は、何度も何度も彼女を説得していた。しかし、キャロラインは一歩も譲らず、断固として拒否し続ける。

　ジョアンナは体型などの容姿は全く気にならず、物静かで優しい話し方のフィリップに好感を持っていた。

　泣きながら継母と言い合うキャロラインを横目で見ながら「そこまで嫌がるほどひどい見かけかしら？　青い瞳が綺麗で顔立ちも整っているのに……」と、不思議に思っていたものだ。

　結局、最後には継母が折れて、長女のジョアンナとフィリップの婚約が結ばれた。

この国の貴族の子供は十五歳の九月になると、王都にある学園に入学し、二年間の教育を受ける。

十五歳だったフィリップも婚約してすぐに王都の学園へ入学した。

学園と彼の住んでいる領地は遠かったので、彼は学園内にある寮に入ることになった。

そのため、二人の交流は手紙が中心だった。

フィリップの手紙に書かれている王都や学園の話などはとても刺激的で、ジョアンナは彼からの手紙をいつも楽しみにしていた。マーランドの領地からほとんど出たことのないジョアンナには、彼の手紙に書かれている知らない世界の話が、全て輝いているように感じたのだ。

学園には、春と夏と冬に長い休みがあった。フィリップは長い休みのたびに、ジョアンナに会うためにマーランドに来てくれた。

会うたびに背が高くなっていったフィリップは、体型や顔立ちがどんどん変わっていき、学園を卒業する頃にはすっかり素敵な男性に変わっていた。

見かけは変わっても、優しく穏やかなところは変わらないままのフィリップ。ジョアンナはそんな彼と過ごす時間が大好きだった。

十七歳になり学園を卒業したフィリップは、実家の子爵家を出てマーランドにやって来た。屋敷の客室で暮らしながら、父から後継者としての仕事などを学ぶためだ。

フィリップの仕事の合間に、二人はお茶を飲んだり、近くの街に出かけたりもした。これまでは年に数回しか会えなかった彼と毎日のように話ができる。それがジョアンナには嬉しかった。

翌年の九月。十五歳になったジョアンナとキャロラインは、王都の学園に入学した。二人とも学園の寮に入ったので、ジョアンナとフィリップの交流はまた手紙が中心になる。二人が会えるのは、学園の長い休みにジョアンナが屋敷に帰った時だけだった。

いつからだろうか……。

気がつけば、二人は久しぶりに会っても当たり障りのない話ばかりするようになっていた。ジョアンナが学園に入学する前は、いつも時間を忘れて色んな話をしていたのに……。

最初は頻繁《ひんぱん》に送り合っていた手紙も、彼から届く返事の枚数はどんどん少なくなり、返事が来ないことも増えていく。それをジョアンナは寂しいと思っていたが、きっと仕事が忙しいのだと、いつも自分に言い聞かせていた。

学園でのお茶会で嬉しそうに婚約者から届いた手紙の話をする友人たち。

彼女たちの幸せそうな笑顔を眺めて微笑みながら、なんとも言えない寂しさを感じたジョアンナは、心の中で何度も溜め息を吐いたものだった。

それでも貴族の結婚は政略結婚も多いので、ジョアンナはこの結婚に納得していたのだ。フィリップとの仲は昔のように良好とは言えないものの、結婚後はそれなりに上手くやっていけると信じていた。

フィリップとキャロラインがいつから「真実の愛」とやらに目覚めたのかはわからないが、昨日今日の話ではないだろう。

それなら早く言ってくれればいいのにと思いつつ、ジョアンナは努めて穏やかに口を開いた。

「状況については理解しました。この件について、お父さまはご存知なのかしら？」

「……ああ、すでにお義父さまへは相談して、了承していただいている。来月の結婚式を今から取り止めるわけにもいかないので、そのまま私とキャロラインの結婚式とすることになった」

こちらとは目を合わすこともなく、気まずげにそう話すフィリップを瞳に映しながら、ジョアンナは頭が真っ白になってしまった。

全く想像もしていなかった話に、驚きすぎて言葉が上手く出てこない。

「…………………………」

「ごめんなさい！　お姉さま……」

しばらく呆然としていたジョアンナだったが、また悲劇の主人公にでもなったかのように瞳に涙を浮かべ、震えながら謝り始めた妹の姿が目に入った。

それを見ているうちに、動揺していた心がスーッと凪《な》いでいき、心が温度をなくす。

「承知しました。お父さまも了承済みでそこまでお話が進んでいるようでしたら、私はお父さまの指示に従います」

「ああ……す」

「それでは、失礼します」

すでに花嫁を交換して結婚式をすることを、当主が了承しているのだ。もちろんフィリップの両親にもすでに根回し済みなのだろう。知らなかったのはジョアンナだけなのだ。

すっかり心が冷え切ったジョアンナの耳には、何かを言いかけたフィリップの小さな声は届かなかった。ジョアンナは静かに立ち上がると、視線を落とさずに背筋をピンと伸ばして、静かに部屋を出ていった。

部屋を出たジョアンナは足早に歩き自室に戻った。そして、なんとか表情を作って口を開く。

「ちょっと疲れたから休むわ。一人にしてくれるかしら」

心配そうな表情を浮かべた侍女たちが部屋を出ていきドアが閉じる音が聞こえると、ジョアンナはベッドに飛び込んだ。彼女の瞳からは我慢していた涙があふれ出す。

悔しくて、悲しくて、言葉にならない感情で胸がいっぱいになり苦しくて仕方ない。

最初は声を殺して泣いていたジョアンナだったが、耐えきれずに声をあげながら泣き続けた。

翌朝。ジョアンナは気だるげに重い瞼《まぶた》を開けた。カーテンからはうっすらと陽が差し込んでいる。どうやら泣き疲れてそのまま眠ってしまっていたようだ。

大泣きしたせいか、ひどく頭が痛み、鏡を見なくても顔がパンパンに腫《は》れているのがわかる。

ジョアンナの起きた気配を感じた侍女が、入室の許可を求めてくる。

ジョアンナは少し迷ってから「しばらく一人にして欲しい」と告げた。

とてもじゃないが誰かと会える気持ちにはなれない。子供みたいだが、もう少しだけ一人でいさせて欲しい。

本当は、悔しいから普段通りに彼らに接するつもりだった。

涼しい顔をして「全然傷ついていない自分」を演じたかったが、しばらくは作り笑いをするのも無理そうだ。

身体を起こして、ベッドの横に置いてある水差しからコップに水を注ぐ。水を一気に飲み干すと、また横になった。

何かを考えそうになる頭をひと振りして、目をつぶり無理矢理にでも眠ろうとする。

眠っている間は何も考えないでいい。今のジョアンナにはとにかく心を休める必要があった。

婚約解消から三日経った日の深夜。屋敷の廊下には、調理場を目指してこっそり歩くジョアンナの姿があった。

あれから食欲が湧かず、水と果物を少し摘むだけの日々が続いていた。

さっき目覚めた時に「グゥーッ」と、大きな音を立てたお腹。これまで聞いたこともないようなその大きな音を聞いて、ジョアンナは思わず笑い出した。

久しぶりに笑って、気が抜けたからだろうか……。

数日ぶりに空腹を感じたジョアンナは、何か食べ物を探しに行くことにした。

この時間なら恐らく誰もいないはずだ。この泣き腫らした顔を誰かに見られることもないだろう。

調理場でパンとチーズと果物を見つけたジョアンナは、近くに置いてあった籠《かご》を手に取りどんどん入れていった。

重くなった籠を持って調理場を出ると、足音を立てないように静かに歩いていく。あと少しで自分の部屋に着くというところで、廊下の先に人の気配を感じてジョアンナは立ち止まった。

様子をうかがっていると、使用人がこちらに向かって来ているようだ。

ジョアンナは慌てて道を変えることにした。遠回りにはなるが、まだ誰かと顔を合わせる気持ちにはなれそうにない。

辺りをうかがいながら廊下を歩いていると、ジョアンナの耳に父と継母の声が聞こえてきた。声のする場所に目を向けると、ドアの隙間から灯りの漏れている部屋がある。

ジョアンナは身体を硬くして立ち止まり、息を殺して考える。

――どうしよう……。静かに歩けば大丈夫かしら？

悩んだ末にジョアンナは、来た道を戻ることにした。父たちよりも使用人と顔を合わせた方がまだマシだと思ったからだ。

引き返そうと動き出した瞬間、彼女の耳には信じられない言葉が聞こえてきた……。

「リネハン家へはキャロラインの代わりにジョアンナが嫁げば、なんの問題もありませんわ」

思わず動きを止めて耳を澄ませると、グラスをテーブルに置く音の後に、父の声が聞こえてきた。

「キャロラインもリネハンへ行くのをあんなに嫌がっているしな……」

「ええ……あんなに泣いてずっと嫌がっていたのですもの、無理に結婚させるなんてあまりにも可哀想だわ」

「この婚約は王家からの打診だから断れないが、フィリップとキャロラインは想い合っていると報告を受けている」

「それにキャロラインは【水魔法】も持っていますし、どちらをマーランドに残すかなんて考えるまでもないですわ」

「ああ、ジョアンナは、あの『なんの役にも立たないスキル』しか持っていないしな……」

ジョアンナは真っ青な顔をしながら、声が漏れないように両手で口を力いっぱい押さえている。気を抜けばすぐにでも崩れ落ちそうなほど、全身が震えていた。それでもなんとか足を動かして逃げるようにその場から立ち去った。


自室に戻ったジョアンナはフラフラとした足取りでソファーへ向かい、ペタリと力なく座り込んだ。そして、焦点の合わない瞳でボーッと部屋を眺めている。

どのくらい、そうして座っていたのだろうか……お腹から「グー」と小さな音が鳴った。その音にハッとして、手に持ったままの籠に目を移す。

籠からパンを取り出すと、手でちぎることもせずにそのままかじりつき、モシャモシャと食べ始めた。

すぐに口の中から水分がなくなり喉が詰まる感じがして、水をコップに注ぎ飲み干す。

そうして籠の中身を、次々と手に取り無心で食べていく。

全て食べ終わると、ジョアンナは大きく息を吐き出した。

「スキルのせいか……」

スキルのことを考えた途端に、目の前に透明な板のような物が現れる。

ジョアンナはウンザリしながらいつも通りに右上にある「×」に触れ、透明な板を視界から消した。

何を隠そう……この透明な板が、父が言っていたなんの役にも立たないスキル。

十五歳の誕生日にジョアンナが授かった【ログインボーナス】である。

ジョアンナの暮らしているエビロギア王国では、十五歳の誕生日に神からギフトが贈られて、スキルと呼ばれる特別な能力を授かるとされている。

スキルには色々なものがあるが、例えば……

【水魔法】【火魔法】などの、魔法が使えるようになるスキル。

【剣術】【剣聖】などの、剣を上手く扱うスキル。

【洗浄】【乾燥】などの、洗濯に便利なスキル。

【美声】【美肌】などの、その人の何かが美しくなるスキルなんかも存在する。

役に立つものからあんまり使い所のないものなど、数えきれないほどのスキルがあるが、まだ発見されていないものも多くあると言われていた。

そんなスキルに関する情報を全て管理しているのが、スキル研究所……通称「研究所」と呼ばれる王宮にある組織だ。

国民は十五歳の誕生日を迎えると教会へ行き、授かったスキルを調べてもらう。

その結果は全て教会から研究所に報告されるのだが、授かったスキルによっては義務が生じることがある。

例えば……【火魔法】のスキル。

【火魔法】はきちんと練習して使い方を覚えないと、何かの拍子に火の玉を打ち出してしまったりする。それが寝ている時や人混みだと、大きな事故につながるかもしれない。

そのため、【火魔法】を授かった者は訓練施設に通い、魔法の使い方やスキルを使う上でのルールを学ぶ必要がある。もちろん、施設に通うためにかかる費用は全て王国が出してくれるので、身分に関係なく訓練が受けられる。

それから、新しく発見されたスキルを授かった者にも義務が発生する。

それは、研究所が行うスキルの調査への協力だ。

新しいスキルの中には、まれに驚くほど危険なスキルがあったりする。そんなスキルを授かると、本人が意図しなくても自分や周囲に危害を加えてしまうこともあるのだ。

過去には、スキルを得たばかりの子供が大きな爆発を起こしてしまい、多数の死傷者を出したこともあった。

そういった不幸な事故を少しでも減らすために、研究所はスキルを細かく調べて管理している。

【ログインボーナス】も初めて発見されたスキルだったので研究所の調査対象になり、すぐに研究所から何人もの研究者がジョアンナの元へやってきた。

スキル名を聞いてもどんなスキルなのか見当もつかないこのスキルは、研究者の誰もが見たことも聞いたこともない不思議なスキルだった。

【ログインボーナス】は、簡単にいうと透明な板が出てくるだけのスキルである。

ジョアンナがスキルについて考えると、目の前に透明な板が出てくるのだが……その板はジョアンナにしか見ることも触れることもできないのだ。

板は全部で三種類。

全ての板にある唯一の共通点は、右上にある「×」の記号だけ。

その「×」に触れると板を消すことができるのだ。

一枚目の板には、中央に「ログイン」と書かれた小さな四角の枠がある。その四角の枠に指で触れると、一枚目の板が消えて二枚目の板が出てくる。

二枚目の板には「ログインチケットを1枚手に入れました」と書かれているだけだ。どこを触れても何も起こらず「×」に触れて消すことしかできない。二枚目の板を消すと、すぐに三枚目の板が出てくる。

三枚目の板には「連続ログイン：◯日目」「ログインチケット：◯枚」と書かれているだけだ。

この板も二枚目の板と同じで、「×」に触れて消すことしかできない。

ただ、三枚目の板を消した後は新しい板は出てこないので、これで終わりである。

研究者たちはこの板がなんなのか全くわからず、調査は難航した。

透明な板はジョアンナにしか見えないので、絵を描いて研究者に見せると……

「板に書かれた文字の言葉を、声に出して読み上げる・心の中で読み上げる」

「『ログインチケットを◯枚使います』と、声に出して言ってみる・心の中で言ってみる」

……など、様々なことをするように言われた。

彼らの指示に従って全て試してみたが、透明な板にはなんの変化も起こらなかった。

どうやら、「ログインチケット」という物をどこかに貯めていることは理解できるが、その「ログインチケット」は当のジョアンナにもどこにあるのかも、どんな物なのかも全くわからないのだ。

ある研究者が「チケットのような紙が、どこかに出てくるのではないか」と考えて、何日もかけて屋敷中を使用人が総出でチケットのような物を探すこともあったが、それらしい紙は一枚も見つからなかった。

結局、研究者と何回も実験してわかったのは、四つだけ。

・一枚目の板は、「ログイン」と書かれた枠に触れると消えること
・二枚目の板を出した後は、三枚目の板しか出てこないこと
・日付が変わると、一枚目の板がまた出てくること
・「ログインチケット」という物をどこかに貯めていること

板に書かれた「連続ログイン：◯日目」の数字は、「ログイン」という枠に触れることで増えているようだった。「ログイン」の枠に触れないという実験も検討されたが、その話はすぐに立ち消えになった。

なぜなら、毎日続けることで何か変化が起こる可能性があること。連続しなかった場合にどのような影響を齎《もたら》すのか想像もつかないからだ。

これといった成果のないまま調査は続いたが、その頻度は徐々に減っていった。

そして、研究者がやって来るのは「連続ログイン：50日目」「連続ログイン：１００日目」などのキリの良い数字の日だけになる。

研究者たちはキリの良い数字の日には、何かが起こる可能性が高いと考えたのだ。しかし、残念なことに特別な変化は一度も起こらなかった。

そして「連続ログイン：５００日目」の時に調査は終了となり、研究者から受けた最後の説明はこんなものだった。

「【ログインボーナス】はログインチケットをどこかで貯めているスキルのようだが、それ以上のことは不明。本人の身体や周囲に害もなく、危険性は極めて低いスキル」

この最終報告を一緒に聞いていた父は、ジョアンナに何も言わなかった。しかし「娘が特別なスキルを授かった」と父が大喜びしていたのを知っていたジョアンナは、父の期待に応えられなかったことを申し訳なく思っていた。

思い返せば、この後から父がジョアンナに向ける瞳に、失望の色が混じるようになった気がする。

「フィリップ様が冷たくなり始めたのも、スキルの調査が終わった頃だわ……」

彼はスキルの調査中は、研究所の調査に不安を感じていたジョアンナを気遣い励ましてくれていた。

役に立たないスキルだと判明し、調査が打ち切られるとお互いに【ログインボーナス】についての話を避けるようになった。そして、徐々に彼との距離が離れていった気がする。

そのことに気がつくと、あんなに泣いて悲しんでいた自分がバカらしくなってきた。

ジョアンナはフィリップに対して、恋や愛と呼べるほどの気持ちを持っていたわけではない。

それでも、人に優しくていつも頑張っている彼を尊敬していたし、大切に思っていたのだ。

しかし、フィリップは【ログインボーナス】が役に立たないスキルだと判明すると、ジョアンナへの態度を変えた。そして婚約者がいながらも、他の女性とこっそりと愛を育んでいたのだ。

キャロラインと恋に落ちたのなら、それは仕方のないことなのかもしれない。

でも、もっと早い段階でジョアンナに話をして、婚約の解消をするべきだったのではないか!?

婚約解消の話をした時の二人は、口では謝っていたが誠意を感じる態度ではなかった。

まるで悲劇の主人公のように振る舞っていた二人を思い出し、心が冷えていくのがわかる。

父もスキルで、血の繋がったジョアンナをマーランド家には不要と切り捨てたのだ。

ジョアンナに愛情があれば、あの日から一歩も部屋から出てこない娘の様子を心配して、一度くらいは部屋に来てくれただろう。その程度の愛情もないのだ。父にとっては、父と同じ【水魔法】を授かったキャロラインだけが大切な娘なのだろう。

ジョアンナも、心の中で彼らを切り捨てて心を決めた。

小さな頃に母に繰り返し教えられていた言葉を思い出す。

「貴族は贅沢な暮らしをしている代わりに、背負わなければならない義務も生じるのよ」

伯爵家に生まれて、これまでに様々なものを享受《きょうじゅ》してきたのだ。

王家から求められた婚約なら、相手が誰であれ受け入れるのが義務だろう。

正直、いつもと同じようにキャロラインの希望だけが通り、婚約解消や新しい婚約が勝手に結ばれることに苛立ちも覚える。しかし、貴族としての義務を放棄するわけにはいかない。

心が決まったジョアンナの瞳は、さっきまでとは別人のように力を取り戻していた。

翌日、ジョアンナは数日ぶりにきちんとした食事を摂った。久しぶりに食べた温かい食事はとても美味しく感じて、なんだか元気が出る。

午後には侍女に念入りにマッサージをしてもらい、久しぶりに読書をして気分転換もした。

侍女と話しながら、笑うこともできるようになったジョアンナ。そんな彼女の元に父から先触れが届いたのは、夕食を食べ終えた頃だった。

「思ったより元気そうだな」

使用人を下げて二人きりになってからの第一声がこれである。

さっき鏡を見た限り、まだ目は赤いし瞼も腫れている。ここ数日まともに食べてなかったせいで窶《やつ》れていて、とても「元気そう」に見える顔ではない。

ジョアンナは声に感情が出ないように注意しながら、口を開いた。

「はい。ご迷惑をおかけしました」

「あの二人のことは私も驚いたのだ。気にしなくていい」

「ありがとうございます」

どの口が言っているのだかと思いつつ、ジョアンナは父を見つめていた。

さすがにこれから話すことは言いにくいのか、しばらく落ち着かない様子で当たり障りのない会話を続けた後……父は婚約について切り出してきた。

「こんなことになってすぐで言いづらいのだが、ジョアンナに王家から婚約の話が届いている。『嫌ならば断ってもいい』とは言われているが、当主としてこの話を断ることはできないので理解して欲しい」

「お相手はどなたですか？」

実際にはキャロラインに届いた婚約の話だったはずだが、よく言うものだなと思いつつ、初めて聞いたかのようにジョアンナは問いかけた。

「リネハン辺境伯の嫡男のヴィンセント様だ。歳は二十一歳だそうだ」

「そうですか……」

大事なことをきちんと言わない父を、あきれながら見つめていると……。

「あと……知っているかもしれないが、二年前に魔物から受けた傷の影響で、身体が少し上手く動かせないそうだ」

「……………」

「それでもこの話を断ることはできないので、ジョアンナには悪いが彼と結婚してもらうことになる」

「承知しました」

あまりにもあっさりと受け入れたジョアンナを、父は驚いた表情でしばらく見つめていた。

しかし、気が変わったら困るとでも思ったのか「恐らくすぐにリネハンへ行ってもらうことになる」とだけ言い残して、急いで部屋を出ていった。

「ふぅー……」

一人になった部屋でジョアンナは大きな溜め息を吐いた。それから、少し乱暴な手つきで焼き菓子を手に取って口に放り込み、温くなった紅茶を飲み干す。

――抱きしめてもくれなかったわ……。

数日前に婚約が解消になり、何日も部屋から出てこないほど落ち込んでいた娘が目の前にいたのだ。嘘でも抱きしめるくらいできないのか……。

父への苛立ちを感じるとともに、わずかに期待していた自分にもウンザリする。

――それに大事なことを全て伝えないで話を進めるのね……。

ジョアンナはヴィンセントと会ったことはないが、学園で友人から彼の話を聞いたことがあった。

そのため、父があえて話さなかったことを知っていたのだ。

ヴィンセントは魔物から受けた傷のせいで、毒に侵《おか》されている。身体を自由に動かせないことに加えて、顔や身体の一部が変色し、とても見られる姿ではなくなっているらしい。

彼の婚約者はそんな彼の姿をひと目見ただけで倒れてしまい、二人の婚約は解消になってしまったそうだ。

王宮の医師や治癒士などの様々な専門家が何人も彼の元を訪れているが、どんな毒なのかもハッキリせず治療法は見つかっていないらしい。

ヴィンセントは元々とても美しい容姿で、令嬢たちの憧れの存在だったそうだ。

話を聞かせてくれた友人は家族で参加したお茶会で何度か彼を見かけ、密かに憧れていたらしい。彼女は瞳に涙を溜めて「あまりにも可哀想だ」と哀しんでいた。

どんな相手だとしてもジョアンナに拒否する権利はないし、そもそも容姿などで政略結婚についてとやかく言うつもりなんて全くなかった。

ただ、言葉を尽くして説明するくらいの愛情や想いが、もう父には残っていないという現実に胸が痛んだ。

翌日から、ジョアンナは身の回りの整理を始めた。

ジョアンナは屋敷を出た後にマーランドに戻ってくるつもりがなかったので、部屋は全て片付けていくことにした。

荷物をまとめながら、リネハンに持っていかない物はよく尽くしてくれた使用人に下げ渡したり、侍女に頼んで売ってもらう。

部屋がだいぶ片付いてきた頃、父から「執務室へ来るように」と連絡を受けた。

すぐに執務室に行くと、父は忙しそうに書類に何かを書き込んでいる。

執事が淹れてくれたお茶を飲みながら父の仕事が終わるまで待っていると、仕事に区切りをつけた父が向かいのソファーに座った。

部屋で書類を片付けながら静かに控えていた執事は、お茶を淹れ替えると静かに出ていった。

しばらくの沈黙の後、お茶をひと口飲んでから父が口を開く。

「久しぶりだな」

ジョアンナはあれから自室をほとんど出ていないので、使用人以外と顔を合わせることがなかった。

どう返すかを考えているうちに、父が続けて話し始める。

「リネハン家との婚約がまとまった。王宮に婚約に関する書類を提出したので、じきに国王の承認もおりるだろう。リネハン家と相談したところ、慣例通りに一年の婚約期間を経て婚儀を行うことに決まった。婚約期間中、ジョアンナはリネハンで生活することになる。すぐにリネハンから迎えが来るので、準備しておくように」

「承知しました」

「あーあれだ……結婚式はどうする？」

フィリップとキャロラインの結婚式について、気まずげな表情で父は問いかけた。

出席者のほとんどが事情を知っているので、ジョアンナが出席すれば、少なからず好奇や憐《あわ》れみの目を向けられるだろう。

一年以上かけて準備してきた式で、自分が立つはずだった場所にキャロラインが立つ。

それを想像しただけでジョアンナは気分が悪くなった。どう考えても、普通の顔で出席なんてできそうにない。

マーランドから遠く離れたリネハンへ移動すれば、父たちにとっても「姉が欠席する正当な理由」ができることだろう。それはジョアンナにとっても都合が良かった。

「リネハンへ移動してすぐになりますので、出席は難しいかと思います」

「そうか……わかった」

父はそう呟くと、ホッとした表情を浮かべた。


明日はリネハンから迎えが来る日だ。移動の準備を終えたジョアンナの部屋は物がほとんどなく、がらんとしている。そんな彼女の部屋に懐かしい人がやってきた。母が生きていた頃によく面倒を見てくれた、侍女長のクレアだ。

彼女は久しぶりにジョアンナのお世話をしてくれるのだと言う。

クレアに頭を洗って乾かしてもらうと、なんだか子供の頃に戻ったみたいだ。懐かしくて気恥ずかしい気持ちになっていると、クレアの手が震えていることに気がつく。

驚いて後ろを振り返ると、彼女は涙を拭《ぬぐ》い、少し迷ってからジョアンナの前に移動して話し始めた。

「お嬢さまが生まれた時から知っているので、こんなに成長して美しくなったなと思ったら、涙が止められませんでした。小さい頃はお転婆で、よくヴィヴィアン様に怒られていたのに、こんなに立派になって……」

「そうだったわね……庭で虫を捕まえては自慢して、よくお母さまに怒られたわ」

「毛虫を掴んでいるのを見た時は、心臓が止まるかと思いました」

「ふふ……お母さまがあまりに取り乱すから大騒ぎになったわね。その後に手がブツブツになって、痒《かゆ》くて痒くて大変だったわ」

しばらく色んな想い出を話して笑っていると、またクレアの瞳に涙が溜まっていく……。

「明日にはこのお屋敷から旅立つのですね……。お嬢さまの花嫁姿を見る日を楽しみにしていたのに……リネハンは遠いですね……」

「そうね……少し遠いわね……」

クレアは震える手でジョアンナの手を包み、瞳をしっかり見つめて口を開く。

「リネハン家の方は、誠実で愛情深い方ばかりだと聞いています。きっとお嬢さまを大切にしてくださいます。ヴィンセント様の治療も、王太子様が他国にも情報を求めて動いていらっしゃるそうです。きっと良くなります。どうか笑顔を忘れずに、幸せになってください」

ジョアンナを見つめるクレアの瞳から、愛情が伝わってくる。

リネハンについて情報を集め、ジョアンナの幸せを願ってくれる人がいる。

それだけで、ジョアンナの硬くなった心が溶けていくような気がした。

握られた手は少し痛いくらいだが……温かい。

「ねえ、クレア、最後にひとつお願いがあるの。抱きしめてくれないかしら？」

クレアは驚いて目を見開いた後で、少し笑い、優しく抱きしめてくれた。

ゆっくりと髪を撫でられる感触が心地よくて目を閉じると、急に涙が込み上げてきた。子供のように声をあげて泣き始めたジョアンナを……泣き止むまでずっと、クレアは温かい手で抱きしめてくれた。


屋敷での最後の夜。ジョアンナはクレアの温かいぬくもりに触れたおかげで、久しぶりに穏やかな気持ちで眠りにつくことができた。


翌朝。ジョアンナはいつもより早く目が覚めた。

早めに仕度を整えて、お茶を飲みながらリネハンからの迎えを待っている。

今日の彼女は口数が少なく、寂しそうな表情でぼんやりと部屋を眺めてばかりいる。

「ジョアンナ様、リネハンからの迎えが到着しました」

「ありがとう。すぐに行くわ」

ジョアンナは部屋を出る前に一度振り返って……潤んだ瞳で部屋を見まわしてから、静かに歩き出した。

屋敷から出てすぐにジョアンナは足を止めた。クレアや沢山の親しい使用人の姿を見つけたからだ。ジョアンナはまっすぐに彼らの元に向かうと、笑顔でこれまでの感謝を伝えてから馬車に向かい歩き出す。

馬車の前には、父と継母がリネハンから来た代表者の男性と話しているのが見える。父から少し離れた場所には、キャロラインとフィリップもいる。

父と話していた男性はジョアンナに気がつくと軽く目礼し、馬車に向かって歩いていった。

どうやら、最後に家族だけの時間を作ってくれるらしい。

ジョアンナは父の前に立ち、なるべく丁寧にカーテシーをする。

「これまで育てていただきありがとうございました」

「ああ、ジョアンナも元気で……」

父はジョアンナに近寄り、軽く抱きしめた。

懐かしい父の香りと体温を感じながら、父の肩越しに嫌らしい笑みを一瞬浮かべた継母が見えた。

馬車が動き出し、母との思い出の詰まった屋敷をぼんやりと眺めていると、ジョアンナの瞳から自然と涙がこぼれた。滲む視界の中で遠ざかっていく屋敷を見つめながら、二度と帰るつもりのない生家に心の中で静かに別れを告げる。

気持ちが落ち着いた頃。馬車の向かいの席に座り、そっとジョアンナを見守っていた女性から自己紹介を受けた。

彼女の名前はコリンナ、道中の侍女として来てくれたそうだ。

二十代の後半くらいだろうか……落ち着いた雰囲気の女性だ。

コリンナの話では、マーランドからリネハンまでは馬車で七日ほどの距離らしい。

途中に道が良くない場所もあるので休みを多めに取りながらゆっくり進み、だいたい十日から十二日ほどでリネハンに着く予定を組んでくれている。

道中ではコリンナからリネハンについても、少し教えてもらった。

リネハン辺境伯領は、エビロギア王国の最北端に位置している。

広大な領地は隣国との国境に接していて、代々のリネハン家の当主は有事の際には最前線に立ち国を守ってきた。

現在は隣国や周辺国との関係は良好だが、国境付近では許可証を持っていない者が不法に入国しようとしたりすることもあり、小さな諍《いさか》いが日常的にあるそうだ。

そんな領地の近くには、「魔の森」と呼ばれる魔物が多く出る危険な土地がある。魔の森はどこの国にも属さない土地だが、ほうっておくと魔の森から魔物が出てきて、人や領地に被害が出てしまう。

そのため、リネハン家は独自の騎士団を持ち、定期的に魔の森に入って魔物の駆除をしている。

そんなリネハン家は【剣聖】のスキルを持つ子供が多く生まれる家系でもあり、現当主と婚約者のヴィンセントも【剣聖】のスキルを持っているらしい。

【剣聖】は【剣術】よりも上位の剣を操《あやつ》るスキルで、王国には持っている人が数名しかいない希少なスキルだ。

ヴィンセントの身体がどこまで動くのかはわからないが、恐らくジョアンナの妻としての一番大切な役割は、彼の子供を産むことだろう。

そこまで考えて、ふと母のことを思い出す。

母も【水魔法】のスキルを持っていた。恐らく【水魔法】のスキルを持った子供を産むことを期待されて、マーランド家に嫁いだのだろう。

それなのにジョアンナは【ログインボーナス】という役立たずのスキルを授かってしまった。

このスキルが子供に遺伝したらどうしよう……そんな考えが頭をよぎり、怖くなってしまう。

母はいつも言っていた。

「スキルは神様からの贈り物なの。どんなスキルでも、その人に必要だから神様は授けるのよ」

この【ログインボーナス】も、いつかジョアンナに必要になる日が来るのだろうか……。

——いつかそんな日が来たら、このスキルも少しは好きになれるかしら？

そんなことを考えながら、ジョアンナは流れゆく景色を眺めるのだった。


道中の天候にも恵まれて馬車は順調に進み、マーランドを発って十日目の夕方にリネハン家の屋敷に着いた。

馬車から降りると、屋敷の前には沢山の使用人が綺麗に並んでいる。

その中心にいる美しいドレスを着た背の高い女性が、ヴィンセントの母で辺境伯夫人のセリーナだろう。

ジョアンナは緊張しながらセリーナの元へ進み、心を込めて丁寧にカーテシーをする。

「はじめまして。マーランド伯爵家から参りました、ジョアンナです。どうぞよろしくお願いいたします」

「ようこそリネハンへ。ヴィンセントの母のセリーナです。ジョアンナさんに会えるのを楽しみにしていました」

セリーナは紫の瞳を柔らかく細めて、温かい笑顔で迎え入れてくれた。

笑うと、先ほどまでの凛とした雰囲気が一気に柔らかいものに変わる。二十一歳の息子がいるようにはとても見えないくらい、若々しくて美しい人だ。

挨拶を終えたジョアンナは、セリーナの案内でこれから過ごす客室に向かっていた。

当主でありヴィンセントの父のケルヴィンと顔を合わせるのは、少し先になるようだ。彼は領内の視察に出ていて、しばらく屋敷に戻れないらしい。

そんな説明を受けながら廊下を歩いていると、至る所に飾られた絵画や美術品に目を奪われる。

絵画を見ることが好きなジョアンナは、じっくり見たい気持ちを押し殺して彼女の後をついていく。

――どれも上品で素敵な物ばかり。いつか全てじっくり見せてもらいたいわ。

そんなことを考えながら歩いていると、あっという間に三階の客室に着いた。

部屋に入ったジョアンナは、あまりの広さに言葉を失った。

伯爵家の自室の何倍もある広い部屋は、白をベースに可愛らしい雰囲気でまとめられていて、家具も全て上質な物が置かれている。

部屋には大きな窓があり、日当たりが良くてとても明るい。窓からは庭に咲いている美しい花が見える。

「ジョアンナさん、貴方の世話をする侍女を紹介するわ」

にこやかな笑顔を浮かべて並ぶ三人の女性。その隣にコリンナも並んだ。ここまでの移動中に一緒だった彼女も、引き続き侍女としてそばにいてくれるようだ。

侍女たちの挨拶を受けたジョアンナが部屋を見て回っていると、ベッドの横に赤い小さな花が置かれていることに気がついた。

この花はマーランドでこの時期に咲く花だ。懐かしい花を目にしたジョアンナは、セリーナの温かい気遣いを感じて思わず笑みを浮かべる。

景色が良く、丁寧に整えられた広い部屋。

マーランドから一緒だったコリンナや騎士たち、部屋に来るまでに会った使用人、紹介された侍女を見ればジョアンナを歓迎してくれているのがわかる。

ジョアンナは、早くもリネハンが好きになり始めていた。


夕食までの時間。ジョアンナは侍女たちに勧められてお風呂に入った。温かい湯に浸かると旅の疲れが解けていくようだ。

侍女たちに丁寧に洗われ、甘い香りのオイルでマッサージを受けると、あまりの気持ち良さに眠気が襲ってくる。

風呂上がりにコリンナが淹れてくれたのは、最近隣国で流行っているというアロゼ茶だ。

赤い綺麗な色のお茶は花を使ったものらしく、なんだかいい香りがする。

ジョアンナは自然と笑顔になり、カップに口をつけた。

——酸っぱっ！

思わず顔をしかめてしまうジョアンナ。それを見たコリンナが少し笑いながら、砂糖を勧めてくれる。

ジョアンナはカップにスプーン二杯の砂糖を入れて、恐る恐る飲んだ。

「あっ……美味しい」

さっきまでの強い酸味が消え、甘酸っぱくて飲みやすい。まるで、果物を搾ったジュースのようだ。

「お口に合ってよかったです。アロゼ茶は冷やしても美味しいんですよ。砂糖を入れて冷やしたものも、今度お出ししますね」

お茶を飲みながら侍女たちと話していると、リネハンには王都などでは見られない物が沢山あることがわかった。国境があるので商人の行き来が多く、隣国の商品が流通しているらしい。

「今夜の夕食には、珍しい料理が沢山出ると思いますよ」

「セリーナ様が張り切って、リネハンでしか手に入らない食材を手配していましたから」

「ジョアンナ様に喜んでもらおうと、張り切っていましたよ」

侍女たちのそんな話を聞いて、ジョアンナは心を躍らせた。

楽しみにしていた夕食の時間になり、ジョアンナは一階の食堂へ向かっている。

ジョアンナが着ているクラシカルなデザインの深い青のドレスは、母から譲り受けた物だ。

ドレスに合わせて髪もまとめてもらったので、いつもより少し大人っぽく見える。

ジョアンナは食堂に足を踏み入れると、あまりの豪華さに声を失った。

――マーランドの食堂の倍以上の広さだわ……。

大きなシャンデリアが輝いている天井は高くて開放感があり、部屋の中央には大理石の大きなテーブルがある。

美術品が上品に置かれた食堂を見渡していたジョアンナは、壁に掛けられている大きな絵に目を留めた。

その絵には、この屋敷に住む三人が描かれている。

ヴィンセントはセリーナと同じ銀色の髪で、セリーナよりも濃い紫の瞳をしているようだ。

くっきりとした目元に、鼻筋が通っている高い鼻、形の良い唇。

学園にも容姿の整った男性は何人もいたが、見たこともないくらい美しく整った顔立ちだ。

ケルヴィンは青い髪に、深い青の瞳。顔立ちはヴィンセントと驚くほど似ている。

ヴィンセントが歳を重ねれば、きっとこの絵のケルヴィンと似た顔になるだろう。

「それはヴィンセントが学園を卒業した頃に描いたものよ。今のジョアンナさんとちょうど同じ年のヴィンセントね」

セリーナは絵を見て一瞬だけ切なそうな表情を見せたが、すぐに表情を変えて明るく「食事にしましょう」と微笑んだ。

出された食事はどれも美味しく、ジョアンナがこれまでに食べたことのないものばかりだった。

最初に出された花を使ったサラダは、食べるのがもったいなく感じてしまうほど美しい。

隣国では最近、食用の花が流行っているのだと、セリーナが教えてくれた。

メインはミノタウルスという牛に似た魔物のステーキで、肉がやわらかくて驚くほど美味しい。

王太子もこのミノタウルスのステーキが大好物らしく、リネハンに来るといつも食べたがるそうだ。

魔物の肉は一部の美食家が好んで食べる、高級品だ。

ジョアンナはこれまで魔物の肉をあまり食べたことがなかったが、美食家たちが夢中になるのもうなずける。

そんな高級なはずの魔物の肉だが、リネハンや隣国では魔の森が近いこともあり、庶民の間でもよく食べられているらしい。

「魔物のお肉は貴族たちにとても人気があるのだけれど、リネハンと王都は離れているから、王族でもなかなか食べられないものもあるのよ。いつかジョアンナさんも食べる機会が来ると思うから、楽しみにしててね！　ビックリするくらい美味しいわよ」

王族でも食べられないほど貴重なものを口にする自分が想像できないジョアンナは、戸惑いの表情を見せる。

「ふふふ……これはリネハンに住んでいる者の特権だもの。すぐに慣れるわ」

セリーナはそう言って楽しそうに笑った。

魔物は食用として肉はもちろんのこと、皮、骨、角、内臓などの素材も、薬や武器に使われるため需要がある。希少な素材は高値で取り引きされることも多いらしい。

そのため、魔物の討伐はリネハンの貴重な財源になっているそうだ。

セリーナは今でこそ大人しく屋敷で過ごしているが、若い頃は騎士か冒険者に憧れていたらしい。

スキルも【剣術】を授かり、ヴィンセントが生まれる前は、夫婦でよく魔の森に魔物を狩りに行っていたそうだ。

「あまり人前で手袋を外せないの」

今でも剣の訓練をしているらしいセリーナは、手袋を脱いで剣ダコの跡が残る手のひらを恥ずかしそうに見せてくれた。

少女のように瞳をキラキラさせて魔物や剣の話をするセリーナ。

彼女の可愛らしさにジョアンナの顔には自然と笑みが浮かぶ。食事を始めた頃は緊張していたジョアンナだったが、気がつけば夢中になって彼女の話を聞いていた。

久しぶりに誰かと語り合いながらの食事はとても美味しく、何より楽しかった。

その夜、ジョアンナは懐かしい花の香りと穏やかな気持ちに包まれながら、眠りについたのだった。

翌日、部屋で朝食を摂った後に、セリーナからお茶に招かれた。

コリンナに案内されて部屋に行くと、大きな窓に面してテーブルが置いてあり、美味しそうなお菓子が並んでいる。

ジョアンナとセリーナは少し大きめのソファーに横並びで座り、庭を眺めながら他愛のない話をしてお茶を飲む。

お茶を入れ替えるタイミングで人払いがされて部屋に二人きりになると、セリーナの空気が真剣なものに変わった。

「ヴィンセントの身体のことは、どれくらい聞いているかしら？」

「魔物から傷を受けた際に毒に侵されて、身体が自由に動かせないということを聞いています」

セリーナは少し悲しそうな顔をしながら、口を開く。

「息子に……以前、別の婚約者がいたことも知っているかしら？」

「はい、聞いています」

「王家から話のあった婚約で、断ることは難しかったと思うの。もしジョアンナさんがこの婚約にあまり気が進まないのなら、ヴィンセントに会う前に断ってくれてもいいわ。王家には適当な理由をつけて、貴方が傷つかないように婚約解消できるから……」

真剣な瞳でまっすぐにジョアンナを見つめて、話をしてくれるセリーナ。こうして向かい合うと、言葉や表情から彼女の誠実さが伝わってくる。

ジョアンナは昨日の心のこもったもてなしを受けて、リネハン家に来て良かったと心から思っていた。ヴィンセントとはまだ会っていないが、このセリーナの息子なのだ。きっと素敵な人だろう。

ジョアンナもまっすぐにセリーナを見つめ返し、自分の思いを素直に話すことにした。

「私はリネハンに来て良かったと思っています。セリーナ様から温かい気遣いを沢山いただき、すでにリネハンが好きになっています。ヴィンセント様とはまだお会いしていませんが、これから時間をかけて、わかり合っていければと思っています。ただ私のスキルは【水魔法】ではなく、なんの役にも立たないものです。もしヴィンセント様との間に子供が生まれた場合、子供がこのスキルを受け継いでしまったらと思うと少し怖いです」

そこまで話すと、セリーナは瞳を潤ませて首を左右に振りながら、遠慮がちに手を伸ばしてジョアンナをそっと抱きしめてくれた。

彼女の腕の中は温かくて優しい匂いがして、なんだか母に抱きしめてもらっているようで瞳が潤んでしまう。

セリーナは抱きしめた腕を解《ほど》き、ジョアンナの瞳を見つめると、優しい声で言った。

「リネハン家にスキルで人の価値を決める者はいないわ。貴方のスキルも、神様が貴方に授けてくれた意味のあるものだと思うの。もし子供が貴方と同じスキルでも大丈夫よ。スキルがなくても、その子の好きなことを伸ばして育てていけばいいわ。もし剣が好きな子なら、私がキッチリ鍛えてとびっきり強くしてあげるから」

その言葉を聞いて、ずっと誰にも言えずに不安に思っていた気持ちが軽くなるのを感じた。

ここには、スキルでジョアンナを切り捨てないでいてくれる人がいる。

もし我が子が同じスキルを授かっても、自分みたいな思いをさせないですむのだ。

ジョアンナの瞳からボロボロと涙がこぼれてくる。

セリーナはジョアンナをそっと抱きしめて、優しく背中を撫で続けた。

そしてジョアンナが泣き止むと、セリーナは涙を浮かべて言葉に詰まりながらも、ヴィンセントが傷を受けた当時のことを話し出した。


ヴィンセントと王太子のセドリックは学園で仲良くなった友人だった。

学園を卒業すると、セドリックは年に数度、お忍びでリネハンに遊びに来るようになった。

二人はいつも魔の森に出かけて、魔物を狩っていたそうだ。

ヴィンセントは【剣聖】、セドリックは【火魔法】のスキルを持っていたので、大抵の魔物が二人の敵ではなかった。

二年前のその日も、二人は護衛の騎士を数名連れて魔の森に出かけていた。

狩りをしながら魔の森を歩いていると、急に雲が出てくる。雨が降り出しそうだったので、その日は早めに切り上げることになり……引き返している途中で、事件は起きた。

帰りに遭遇した狼の魔物三匹と戦闘中、ヴィンセントはなんだか嫌な予感がした。

すぐにセドリックを探すと、彼に黒い蛇が迫っていることに気がつく。

ヴィンセントはとっさに身体を動かして、セドリックを突き飛ばした。その瞬間、左腕に小さな痛みが走った。

魔物を全て倒し終えてから左腕を確認すると、蛇に咬まれたような跡がある。

すぐに同行していた治癒士にも診てもらったが毒に侵されている様子もなさそうだったので、その場で簡単に治療を受けて急いで屋敷に戻った。

屋敷で医師にきちんと診てもらい毒に侵されていないことを確認すると、数日後には何もなかったかのように、再び二人で魔の森へ狩りに出かけたりもした。

すっかり蛇のことも忘れていたヴィンセントに異変が起こったのは、セドリックがリネハンを出て数日が過ぎた頃だった。

ある日、痒みを覚えたヴィンセントは、左腕に虫に刺されたような小さな赤い腫れを見つけた。なるべく掻かないように気を付けながら過ごしていると、数日後には左腕にしびれを感じるようになる。

腕をよく見てみると、虫刺されだと思っていた赤く腫れていた部分が黒くなっていた。前に見た時より、範囲も広がっている。

そこで初めておかしいと思い、医師を呼んで詳しく診てもらうことになった。

しかし、腕以外に異常もなく、患部を消毒することくらいしかできない。

蛇に詳しい者を探して、ヴィンセントが咬まれた黒い蛇の特徴を伝えてみたが、その蛇を知る者はいなかった。

腕は徐々に黒い部分が広がり、ヴィンセントは左手がしびれて動かせなくなる。

王都に戻ったセドリックにも知らせを送り、王宮でも調べてもらったが何もわからないまま、時間だけが過ぎていく。

半年が過ぎる頃には、ヴィンセントの身体の左側は強いしびれで力が入らなくなり、一人では歩けなくなってしまった。その頃には、黒い部分は、胴や顔、足の一部にまで広がっていた。

その後もセドリックが手配した医師や治癒士、魔物や毒の研究者などの様々な分野の専門家が何人もリネハンにやってきたが、治療の糸口も見えないままに時間だけが過ぎていく。

そして、悲劇は続く。

事件後は会わずにいた婚約者が、ヴィンセントの部屋にこっそりやってきたのだ。

こんな状況なので、婚約解消に向けて親同士で話し合いを持っていたが、彼女にはヴィンセントの状況が全く知らされていなかった。運悪く新人の使用人が対応し、ヴィンセントの婚約者だったので、見舞いだろうと勘違いして部屋に通してしまったのだ。

彼女はヴィンセントの部屋で変わり果てた彼の姿を見て悲鳴をあげ、そのまま倒れてしまった。

その事件の後、すぐに二人の婚約は解消された。

ヴィンセントは何も言わなかったが、しばらくは落ち込んでいる様子だったそうだ。

それから一年以上の月日が過ぎるが、未だに治療の糸口も見つかっていない。

黒い部分の拡大は止まったが、最近は腕から蛇の鱗《うろこ》のようなものが出てきている。

それが少しずつ広がっていくにつれて、激しい痛みも出るようになっているらしい。

ジョアンナはヴィンセントや家族の気持ちを思い、胸が苦しくなった。

自分に何ができるかはわからないが、せっかく縁があって婚約したのだ。ヴィンセントが少しでも元気になるように、彼に寄り添い心を込めて尽くそうとジョアンナは思った。

セリーナは全て話し終えると、ジョアンナを真剣な瞳で見つめた。

「……本当にヴィンセントでいいの？」

ジョアンナは迷うことなくうなずいた。

セリーナはそんなジョアンナを見て軽く微笑んだ。

すっかり冷めてしまったお茶を飲み干すと、セリーナは鐘を鳴らして侍女を呼んだ。

お茶を淹れ替えた侍女は、涙の跡の残る二人の顔を見て驚いた様子を見せる。

二人は温かいお茶を飲んでひと息つくと、お互いの顔を見て笑い出した。

どちらも目の周りはパンパンに腫れ、化粧は落ちきっていてひどいものだ。

ひとしきり笑い合い、お菓子を摘みながら他愛のない話をしていると、侍女に連れられて年配の女性がやってきた。屋敷に常駐している治癒士だという彼女は、二人の顔を見て少し笑うと治癒魔法をかけてくれた。

温かい光に包まれて目を開けると、セリーナの顔から腫れや赤みが消えている。治癒魔法の意外な使い方に、ジョアンナは目を丸くした。

部屋に戻ったジョアンナは、迎えを待っていた。

お茶の席で話があったように、セリーナはこの婚約の解消を考えていたようだ。そのせいか、ジョアンナは昨日屋敷に着いたのに、まだヴィンセントと顔を合わせていない。早めに挨拶をしたいと思ったジョアンナは、セリーナに頼んでヴィンセントに会わせてもらうことにしたのだ。

部屋に戻り化粧を直したりしながら一時間くらい経った頃、セリーナが部屋にやってきた。

二人はゆっくりした足取りで、ヴィンセントの部屋へ向かっている。

「事件の前はヴィンセントの部屋は二階にあったのだけれど、少しずつ身体を動かすことが辛くなったみたいで、一階に移ったのよ」

二階から一階への階段を下りながら、セリーナはそんな話をして寂しそうな顔をした。

一階の廊下を歩き、ある部屋の前に着くと、セリーナは足を止める。

「ここがヴィンセントの部屋よ」

セリーナは確かめるようにジョアンナを見つめた。

ジョアンナは軽く微笑み、首を縦に振って「大丈夫」だと伝える。

それを見たセリーナはひとつ息を吐き、いつもと同じ笑顔を浮かべてドアをノックした。

しばらくすると、中から男性が出てくる。

ダニーと名乗った彼は、ヴィンセントの身の回りの世話をしているそうだ。

セリーナの後に続き、緊張しながら部屋に足を踏み入れると、部屋の奥にあるベッドに寝巻きを着た銀髪の男性が座っているのが見えた。

彼の左側の顔や手には包帯が巻き付けられていて痛々しい。

「ヴィンセント、こちらがジョアンナさんよ」

「はじめまして、ヴィンセント様。マーランド伯爵家から参りました、ジョアンナです。これからよろしくお願いいたします」

紹介を受けて一歩前に出たジョアンナは、丁寧にカーテシーをして挨拶をする。

「はじめまして、ヴィンセントです。こんな格好で申し訳ありません。ジョアンナ嬢は赤い瞳がとても綺麗ですね……お会いできて嬉しいです」

二人は穏やかに微笑み合った。

これが、ジョアンナとヴィンセントの出逢いだった……。


二人が挨拶を終えて間もなく、セリーナに急な来客の知らせがあった。

思いがけず二人きりになってしまい、部屋には気まずい沈黙が広がる。

落ち着かない様子でたたずんでいるジョアンナにヴィンセントが遠慮がちに椅子を勧めると、彼女は少し緊張した表情でベッドの近くに置かれた椅子に座った。

「えっと……ジョアンナ嬢は、昨日、屋敷に着いたばかりでしたよね。マーランドからここまでだと……馬車で一週間くらいでしょうか？」

「途中で多めに休憩を取ったので……十日で到着しました」

「十日か……長旅で疲れたでしょう？」

最初はぎこちない様子だった二人も、雑談を交わしているうちに緊張が解けていく。

ジョアンナの顔にも自然な笑顔が浮かび始めた頃。ヴィンセントは覚悟を決めたようにジョアンナを見つめて、真剣な表情で切り出した。

「ジョアンナ嬢は、私の身体のことは聞いていますか？」

「はい。セリーナ様からも詳しくお話を伺いました」

「私はすでに一人では起き上がることも、歩くこともできません。この婚約は王太子のセドリックが強引に進めたものでしょう。私から彼に話をして、円満に解消することもできます。ジョアンナ嬢はまだ若くてとても美しい女性です。こんな私ではなく、健康で素晴らしい男性と結婚されるべきだと思います。貴方が望むのでしたら、当家で責任を持って良いお相手を探します」

ヴィンセントはひとつひとつ言葉を丁寧に選びながら、ジョアンナの瞳を見つめて話してくれた。

ジョアンナのことをきちんと考えてくれているのが、瞳や声などから伝わってくる。

そんな彼を見て、ジョアンナもきちんと自分の気持ちを伝えたいと思った。

「私は、昨日屋敷に着いたのですが、セリーナ様や使用人の皆さんにとても丁寧に迎え入れていただきました。用意していただいた部屋には、マーランドの花が飾られていました。きっと故郷を離れたばかりの私が、少しでも故郷を感じて安らげるように用意してくれたのだと思います。夕食には、私が口にしたことのない食材を使った料理ばかりが並んでいました。私はそんな温かい心を向けてくださるリネハンの人たちが、好きになってしまったのです。ヴィンセント様とも初めてお話ししましたが、真っ先に私の幸せを願い、先ほどの提案をしてくださいました。そんなヴィンセント様だからこそ、私は一緒に生きていきたいと思っています」

ヴィンセントはジョアンナの話を聞いてから、静かに瞳を閉じた。

右手はきつく握られていて、震えている。

ジョアンナは、気がつくとその手を両手でそっと包んでいた。

どのくらい、そうしていただろうか……。

突然、ヴィンセントがハッとしたようにジョアンナの後ろを見ると、慌てて右手を引っ込めた。

彼はほのかに頬を染めて、視線を気まずげにさまよわせている。

後ろから足音が聞こえてきたので振り返ると、セリーナがジョアンナに勢いよく抱きついてきた。

「母さま！」

セリーナの肩が小さく震えている。きっと泣いているのだろう。

ジョアンナは、セリーナの背にそっと手を回した。

セリーナは耳元で、ジョアンナにだけ聞こえる声で「ありがとう」と呟いた。

「ふふふ……ごめんなさいね。なんだか嬉しくって……」

しばらくして、セリーナはジョアンナから離れると、照れくさそうに微笑んだ。

そのままベッドへ向かい、そっとヴィンセントを抱きしめる。

彼は一度口を開きかけたが、何も言わずに右手をそっとセリーナの背に回す。顔がまた赤くなっているが、優しい瞳をしている。

ジョアンナはそのヴィンセントの瞳を見て「美しいな」と思った。


その後、二人は一緒に昼食を摂ることになった。

ヴィンセントは一緒に食事を摂ることを少し渋っていたが、セリーナはそんな彼を無視して強引に食事の手配を終えると、すぐに部屋を出て行ってしまった。

困りながらも、笑みを浮かべてジョアンナに席を勧めるヴィンセント。表情を作ってはいるが、顔が少しだけ不貞腐れている。ジョアンナはその顔が子供みたいで少し可愛いと思ったが、それは心に秘めておいた。


昼食のメニューは、野菜のスープ、温野菜とチキンのグリル、パン、フルーツだ。

ヴィンセントの皿を見ると、野菜や肉などはひと口で食べられるように小さくカットされていた。どうやら、右手しか動かせない彼でも一人で食べられるようになっているようだ。

ジョアンナは黄色の見慣れない野菜から食べてみた。塩で軽く味がついているだけだが、野菜の甘みが口に広がり美味しい。噛むとシャクシャクした食感で面白く、顔には自然と笑みが浮かぶ。

「この黄色の野菜は初めて食べました。食感が面白くて美味しいですね」

「ああ……それは隣国から輸入している『グリ』という野菜だ。生だともう少し硬い食感になるが、薄くスライスしてサラダで食べても美味しいんだよ」

　ヴィンセントは説明しながらグリをひとつ食べて微笑んだ。

「昨夜も隣国の食材を使った料理をいくつかいただきましたが、どれもとても美味しかったです。色々な食材があって面白いですね」

「最近、隣国では食用の花が流行っているそうだ。皿に彩りを加えるので綺麗ではあるが、実は私は少し苦手なのだが……女性にはとても人気があると聞いている。もう食べたかな？」

「ふふ……はい、お茶とサラダをいただきました。お茶は酸っぱくて驚きましたが、砂糖を入れると美味しかったです。今度、冷たいお茶も飲ませてくださるそうです」

「ああ……もしかして赤いお茶かな？　確かにあのお茶は酸っぱいな。食用の花はデザートなどにも使われているそうなので、色々試してみるといい。母が好きなので詳しいし、一緒に食べてくれたらきっと喜ぶよ」

　半分ほど皿が空いた頃、ジョアンナはヴィンセントがパンにだけ全く手をつけていないことに気がついた。不思議に思っていると、ジョアンナの視線に気がついたヴィンセントが少し気まずげな表情を浮かべた。

「下品なので驚かせてしまうかもしれないが……この身体になってからは、一人で食事をすることが多かったから面倒になってしまってね。実は、パンはちぎらずにそのまま食べていたんだ。ジョアンナ嬢と一緒の食事が楽しくて、ついつい好物ばかりに手を伸ばしてしまっていたね」

　そう言って微笑むと、彼はダニーに目線を送った。

——確かに、パンはちぎらないと食べられない大きさだわ。

ジョアンナは、そんなことにも気がつかなかった自分を恥じた。

視線を下げて目の前のパンを見ていると、ジョアンナの頭にある考えが浮かぶ。顔を上げると、ダニーがヴィンセントのパンの皿に手を伸ばしているのが見えた。

「ヴィンセント様っ！」

パンの皿が下げられそうになっていることに慌てたせいで、思いがけず大きな声が出たことに驚きながらも、ジョアンナは勇気を振り絞ってパンを両手で掴んだ。そのまま大きな口を開けて、パンにかじりつく。

どんどん顔が熱くなるのを感じながらパンを飲み込むと、驚いた表情でこちらを見つめている二人に微笑んだ。

「それでは、この部屋ではパンはこうして食べましょう！　私たちしかいないのです。問題ありませんわ」

「ははは……いやージョアンナ嬢は面白い！　ありがとう。お言葉に甘えて、そうさせてもらうよ！」

ヴィンセントは目に涙を溜めて大笑いしてから、いたずらっ子のような表情をしてパンを持ち、大きく口を開けて豪快にかじりついた。

第二章　ジョアンナに起こった奇跡

ジョアンナがリネハンに発ってから少し経った頃、マーランドではキャロラインとフィリップの結婚式が行われた。

当たり前のことだが、ジョアンナの関係者は全員欠席。急だったこともあり、キャロラインの友人も、出席してくれたのは領地が隣の二人だけだった。

フィリップの家族は全員出席していたが、彼の親族には急に何名かの欠席者が出た。

そんな風に人もまばらで空席の目立つ式場は、祝いの席とは思えない独特の空気に包まれていた。

それもそのはず、出席者のほとんどの人が、花嫁がジョアンナからキャロラインに替わったことを知っている。

皆、口には出さないものの、苦々しい思いを感じている者は少なくなかった。

控え室では、準備を終えたキャロラインが浮かない表情で鏡の前に立っている。

彼女が着ているのは、昨日仕上がったばかりの真っ白なドレス。その出来に不満のあるキャロラインの表情は冴えない。

ジョアンナより背が高かったキャロラインは、ジョアンナが用意していたドレスを着ることができず、大急ぎでドレスを仕立てることになった。なんとか式には間に合ったものの、彼女のドレスは、ジョアンナが着るはずだったものより見劣りする。

それだけでも気が滅入るのに、さっき挨拶したフィリップの家族の態度がやけに気になった。

全員、笑顔は浮かべていてもどこか他人行儀な感じがする。彼の母親が一瞬だけキャロラインに向けた冷たい瞳。それが、なぜか頭を離れない。

思い描いていたものとは全く違う結婚式に、キャロラインは表情を曇らせた。

その頃、ジョアンナは庭を散歩しながら、これから訪れる冬について考えていた。

北にあるリネハンは冬になると、歩けないほど雪が積もることもあるそうだ。

王都やマーランドでは真冬でも小雪がパラつく程度なので、雪がそんなに積もることがない。

ジョアンナは雪が積もった景色を見ることを楽しみにしていた。

リネハンで屋敷の人たちに大切にされ、ここでの毎日が充実しているお陰だろうか……いつの間にかジョアンナはマーランドについて考えることも減っていた。

あんなに泣いて怒っていたのに、その感情も少しずつ薄れている。

雪が溶けるように、彼らへの思いが消えてなくなる日も意外と近いのかもしれない……。

ある日の午後、ジョアンナは図書室で、熱心に本を読んでいた。

「ふぅー、これにも役に立ちそうな情報はないわ……」

「少し休憩されますか？」

「そうね……お茶を淹れてもらえるかしら？」

読み終わった本をコリンナに渡すと、ジョアンナは肩を軽く揉みながら、今日の昼食の時のことを思い出していた。

いつからか、ジョアンナとヴィンセントは二人で昼食を摂ることが日課になっていた。

今日もヴィンセントの部屋での昼食を終えて、食後のお茶を飲んでいると、ジョアンナの前にクッキーが出された。

「ジョアンナ嬢、こないだ話したリコタタを使ったクッキーだよ」

ジョアンナは驚いた表情で、目の前に置かれた皿を見つめる。クッキーには赤紫色の小さな果実が沢山入っている。

「この赤紫色のものがリコタタですか？」

「そうそう。乾燥したものがたまたま少しだけ手に入ったんだ。甘くて美味しいから食べてみて！」

瞳を輝かせたヴィンセントに見つめられる中、ジョアンナはリコタタのクッキーを口に運んだ。

さっくりとしたクッキーを噛むと、バターの香りのあとに凝縮された甘味を感じる。

「あっ！　美味しい」

ジョアンナはあまりの美味しさに自然と笑顔になった。

「気に入ってくれたみたいで嬉しいよ。ジョアンナ嬢は甘いものが好きだから、リコタタも好きかなと思ったんだ」

このクッキーに使われているリコタタは、夏場に隣国で採れる赤い小さな果物だ。半分に切った時の形が可愛くて、女性にとても人気があるのだとヴィンセントが教えてくれた。

その時にジョアンナが「いつか食べてみたい」と言ったので、用意してくれたらしい。

リコタタはこの時期は入手が難しい食材だと聞いていたので、とても驚いた。

「そういえば、初めて一緒に食事した日の翌日も『グリのサラダ』を用意してくれたっけ……」

少し照れくさそうに「グリのサラダ」を薦めたヴィンセントの顔を思い出し、ジョアンナの顔は自然とほころぶ。

一緒に過ごす時間が増えるにつれ、ジョアンナは彼の素敵なところをいくつも見つけていた。

優しくて、いつも色んな話を聞かせてくれるヴィンセント。

彼と一緒にいると、時間が経つのを早く感じる。食後にお茶を飲みながら話していると、あっという間に、彼の部屋を出なければならない時間になってしまうのだ。

食後に薬を飲んでいるヴィンセントは薬の副作用ですぐに眠くなってしまうらしく、午後はベッドで休んでいることが多いそうだ。

そのため、ジョアンナは昼食後にはすぐにヴィンセントの部屋を出ていたので、午後は時間を持て余していた。

ジョアンナの前ではいつも笑っている彼だが、セリーナが言っていたように、時々激しい痛みが襲ってくるのだろう……。隠してはいるが、たまに顔をしかめて痛みを我慢していることに、ジョアンナは気がついていた。

そんな彼を見ているうちに、ジョアンナは少しでも力になりたいと強く思うようになっていた。

しかし、自分にできることが思いつかず、悩んでいた時。たまたま行った図書室で、一角にある本棚が目に入った。

その本棚には「毒」「医療」「蛇」「薬草」「伝承」など、ヴィンセントのために集めたと思われる様々な本が置いてあった。方々から取り寄せたのだろう……新しいものや、古ぼけたもの、他国の言語で書かれた本もある。

それらの本を見て「これだ！」と思い、すぐにセリーナに許可をもらってジョアンナは図書室に通い始めた。

この図書室に置かれた本は、すでに一度全て読んだものだとセリーナから聞いていた。

それでも、何か新しい発見があるかもしれないと思い、ジョアンナは必死に読んでいる。

温かいお茶を飲んでひと息入れたジョアンナは、目頭を軽く揉むと、新しい本に手を伸ばした。


少しずつ日が短くなり、朝晩の冷え込みが厳しくなり始めた頃。

寒さのせいか、ヴィンセントが風邪をひいて寝込んでしまった。

二人は別々に昼食を摂る日が続いていたが……今朝、ヴィンセントの熱が下がったという知らせが届いた。

ヴィンセントの見舞いに行くことにしたジョアンナは、部屋のドアを遠慮がちに叩いた。

「あの……ヴィンセント様は？」

ドアが開いてダニーの顔が見えるなり、小さな声でジョアンナは尋ねる。

「起きていらっしゃいますよ」

そう言って微笑んだダニーはドアを広く開けてジョアンナを部屋に通した。

恐る恐る部屋に足を踏み入れてすぐにベッドに目を向けたジョアンナは、ヴィンセントの姿を見て安心したように息を吐く。

「ジョアンナ嬢、来てくれたんだね。ありがとう」

「体調はどうですか？」

「熱も下がったし、もう大丈夫だよ」

数日ぶりに聞くヴィンセントの声に、ジョアンナの顔には自然と笑みが浮かぶ。

勧められた椅子に座ると、ジョアンナはヴィンセントの様子をうかがいながら話をした。顔色、声、動きをみる限り、大丈夫そうだ。

少し安心しつつも、彼の負担にならないように早めに部屋を出ようと思っていたのに……気がつけば会話に夢中になっていた。

「昼食はいかがなさいますか？」

そんなダニーの声にハッとしたジョアンナは、思いがけず長居してしまっていたことに気がつく。

「あっ！　もうそんな時間なんですね。では、ヴィンセント様、また明日来ますね」

そう言って慌てて腰を浮かせたジョアンナにヴィンセントが声をかける。

「よかったら、いつもみたいに一緒に食べないか？」

少し迷ったジョアンナだったが、ヴィンセントの表情がいつもより幼く見えてなんだか心細そうだったので、ベッドの横で一緒に昼食を食べることにした。

病み上がりのヴィンセントは粥を食べるというので、ジョアンナも同じものを用意してもらった。ベッドの横にダニーが小さなテーブルを運んできてくれて、粥をのせたトレイが置かれる。

ふわりと立ち昇った湯気とともに、美味しそうな香りが広がる。ジョアンナは粥を見て、母を思い出した。

――お母さまも、よく食べてたっけ……。

病気が悪くなるにつれてやわらかいものしか口にできなくなった母は、ベッドでよく粥を食べていた。まだ小さくて母に甘えたかったジョアンナは、少しでも一緒にいたくて母の部屋でご飯を食べたものだ。

「栄養のあるものをいっぱい食べないと大きくなれないわよ」

そんなことを言われながらも母と同じ粥ばかり食べたがるジョアンナを見て、母はいつも困ったように笑ってジョアンナの髪を撫でてくれた。

そんなことを思い出しているうちに、昼食の準備が整ったようだ。

ジョアンナは粥をスプーンですくい、何度か息を吹きかけて少し冷ますと、ひと口食べた。

小さく切られた野菜が入った粥は、優しい味がする。

思わず笑みを浮かべてヴィンセントを見ると、スプーンを持つ彼の右手がわずかに震えているのが見えた。病み上がりでまだ手に力が入らないことに気がついたジョアンナは、すぐに自分のスプーンを置いて立ち上がると、ヴィンセントの手からスプーンを取り上げる。

「ジョアンナ嬢？」

驚いた様子のヴィンセントに見つめられながら、ジョアンナはたまに母にしていたのと同じように、ひと口分の粥をすくうと少し冷まし、スプーンをヴィンセントの口元へと運んだ。

「ヴィンセント様、冷ましたので大丈夫だと思いますが熱かったら言ってくださいね」

そう言ってスプーンを持ったまま微笑んでいるジョアンナと、目の前にあるスプーン。

ヴィンセントはしばらく戸惑った様子でジョアンナとスプーンを交互に見つめていたが、覚悟を決めたように勢いよくスプーンを口に含んだ。

「熱くなかったですか？」

「……ああ、大丈夫」

「よかった……」

ジョアンナは微笑むとまたスプーンの上の粥を冷まし始める。その様子を見ながらヴィンセントの頬に熱が集まっていく。

そうして、ヴィンセントはジョアンナの手を借りて、粥を完食した。

「美味しかった。ありがとう」

そんな言葉を口にしつつも、実は全く味など感じていなかったヴィンセント。彼の頬は色づいたままだった。

ヴィンセントもすっかり元気になった頃。ジョアンナに事件が起こった。

起きたばかりのジョアンナは、ぼんやりとした表情で目をこすりながら透明な板を出した。

いつも通りに「ログイン」の枠に触れると、見慣れない板が出てきて思わず飛び起きる。

いつもは「ログインチケットを１枚手に入れました」という板が出るのだが、目の前にある板にはこんな文字が書かれている。


連続ログイン　１０００日達成！

「ログインチケット：１０００枚」で「初回スペシャル特典」との交換が可能です。

交換しますか？

『はい』『いいえ』


最近はきちんと確認せずに、すぐに板を閉じていたので気がつかなかったが、１０００日連続で「ログイン」の枠に触れていたようだ。

どうやら「初回スペシャル特典」というものと、交換ができるらしい。

ジョアンナが驚いて見つめていると、板の下の所に新しく赤い文字が出てきた。

「交換終了まで　あと１００秒です」

赤い文字は１秒ごとに数字が減っていき、すでに「60秒」を切っている。

ジョアンナは考える時間がないことに焦りを覚えながらも、「はい」を選択することを決断した。

特典がなんなのかはわからないが、今までどこにあるのかわからなかったチケットが使えるのだ。

ここは試してみるべきだろう。

心臓がバクバク音を立てるのを感じながら、ジョアンナは震える指で「はい」に触れる。

本当に交換しますか?

『はい』『いいえ』

すぐに「はい」に触れると、また新しい板が出てきた。

そこには「□□□□□」という文字が点滅している。

文字は少し経つと「■□□□□」と変わり、また少し経つと「■■□□□」と変化していく。

その文字の動きが面白くて、しばらく夢中で見ていると……文字が「■■■■■」になった瞬間に板が消えてしまった。

そして、すぐに新しい板が出てきた。そこには、こんな文字が書かれている。

「初回スペシャル特典」を手に入れました!

①　［ガチャ］と［アイテムボックス］が解放されました
②　スキルキャンディ：1個を手に入れました
③　ガチャチケット：5枚を手に入れました（有効期限：1年間）

どうやら三つのものが手に入ったようだが、どれも初めて見る言葉ばかりだ。

ジョアンナはベッドから机に移動して紙を取り出すと、文字をそのまま書き写した。

ついでに忘れないうちに、新しく出てきた全ての板の文字も書き残しておく。

全て書き終わり、右上の「×」に触れて板を閉じると、また新しい板が出てくる。

新しい板は、左上に「メニュー」という大きな文字。

右上には四角の枠があり、枠の中には……

　「連続ログイン：1000日目」

　「ログインチケット：0枚」

　「ガチャチケット：5枚」

と小さな文字で書かれている。

板の中央には「ガチャ」「アイテムボックス」と書かれた二つの四角の枠がある。

その枠の右上には、どちらにも同じ小さな黒い丸があり、白い文字で「?」と書かれている。

ジョアンナはそれを全て書き写した。

そして、「ガチャ」の方の右上にある黒い丸に触れてみる。

すると、出てきたのはこんな板だった。

■ガチャ

チケット1枚で1回、「ガチャ」を回すことができます

※　1日に使用できるチケットの枚数に制限はありません

※　チケットには「ログインチケット」「ガチャチケット」の2種類があります。どちらのチケットでも1枚で1回、「ガチャ」を回すことができます

■使い方

①　「スタート」を押す

②　「ストップ」を押す

③　止まったカードのアイテムが手に入ります

※　失効までの期間が短いチケットから自動的に利用されます

※　手に入れたアイテムは、全て「アイテムボックス」の中に保管されています

※　「アイテムボックス」の枠が空いていない場合は、枠に入っているアイテムを捨てるか、新しく手に入れたアイテムを捨てる必要がありますので注意してください

どうやら、この黒い丸を押すと、説明が読めるようだ。

使い方の下には、図が付いた説明も書かれている。

その図によると、この透明な板は「画面」というものらしい。

画面の中にある「触れると何かが起こる、少し膨らんで見える小さな枠」は「ボタン」

ボタンに触れることは「押す」

「ガチャ」というものを行うことは「回す」というようだ。

ジョアンナは、メニュー画面の「ガチャ」と書かれたボタンを押してみた。

すると、説明の図に描いてあったガチャ画面が表示される。

画面の左側には、同じ模様の描かれたカードが上下左右に一枚ずつ、四枚置いてある。

画面の右側は、上の部分に持っているチケットの枚数が書かれていて、その下に「スタート」と「ストップ」のボタンがある。

ジョアンナは「ガチャ」を一回、回してみることにした。

「スタート」を押すと、右回りに一枚ずつカードが順番に光っていく。

同時に「ストップ」のボタンが点滅し始めたので、「ストップ」を押した。

すると、右回りに動いていた光の速度が少しずつ遅くなっていく。

そして、光は右のカードの所で止まり、すぐにカードがめくられた。

カードには、上の部分にビンの絵、その下には「聖水」と書かれている。

ジョアンナがそのカードを見ていると、急に画面が光った。

驚いて画面を見ると、聖水のカードは消えていて、裏返しのカードが四枚並んでいる最初の画面に戻っている。

――なんだか、わからないけど……これは面白いわ！

少し興奮した様子のジョアンナは、続いてアイテムボックス画面を確認してみることにした。

まずは使い方を理解するために、［アイテムボックス］の右上にある［?］を押して説明を読んでみる。

■アイテムボックス
［ガチャ］などで手に入れたアイテムが、全て保管されています
保管できる枠には限りがあります
1つの枠には同じ種類のアイテムが99個まで保管できます
※［アイテムボックス］の枠が空いていない場合は、枠に入っているアイテムを捨てるか、新しく手に入れたアイテムを諦める必要がありますので、注意してください

■使い方
①取り出したいアイテムを選ぶ
②取り出す数を入力する（やめる場合は［×］を押して画面を閉じてください）
③［決定］を押す
④画面から①で選んだアイテムが出てくるので受け取ってください

※　一度取り出したアイテムは［アイテムボックス］の中には戻せません

アイテムボックス画面の説明の図を見てみると、手に入れたアイテムが入っている枠は棚のような感じだ。

同じ形の小さな四角が横に五個並んでいて、それが二段あり、全部で十個の枠がある。

取り出したいアイテムの枠を押すと、少し小さなサイズの「確認画面」という新しい画面が出てくるみたいだ。

確認画面は上の部分に「取り出すアイテムの絵」、その下に「名前×持っている数」が書かれている。

その下には「入力欄」という小さな四角の枠があり、そこに取り出す数を入力するようだ。

数は入力欄の下にある［▼］［▲］で変更し、最後に一番下にある［決定］を押せばいいらしい。

使い方を理解したジョアンナは、［アイテムボックス］を押した。

十個の枠のうち、上の段の左側の二つに、手に入れたアイテムが入っている。

左端の枠には、真ん中に「ＳＳＲ」と書かれた金色の丸の絵
その隣の枠には、ビンの絵
それぞれ、絵の下には小さな文字で「スキルキャンディ×１」「聖水×１」と書かれている。

ジョアンナは少し考えてから、スキルキャンディを取り出してみることにした。

スキルキャンディが入っている一つ目の枠を押すと、確認画面が出てきた。

画面の上の部分には、金色の丸の絵と「スキルキャンディ×1」と書かれている。

その下にある入力欄には「0」と書かれていたので、［▲］を押して「1」に変更し、［決定］を押す。

「きゃっ！」

ボタンを押した瞬間……画面から小さな金色の玉が飛び出てきた。それに驚き、思わず声をあげる。机の上を見ると、コロコロと小さな音を立てながら金色の玉が転がっている。あと少しで机から落ちそうだ。ジョアンナは慌ててそれを手で押さえた。

「これがスキルキャンディ？　キャンディというくらいだから食べ物なのかしら？」

ジョアンナはスキルキャンディを指で摘み上げて、近くでじっくりと見てみる。

スキルキャンディは、淡く光ってはいるが、ツルツルしていて見た目はただのキャンディだ。

匂いも嗅《か》いでみるが、なんの匂いもしない。恐る恐る舌を出して舐めてみると甘い。

ジョアンナは目をつぶり、それを「えいっ」と勢いよく口に放り込んだ。

「えっ？」

スキルキャンディは口に入れた瞬間、甘さが口の中で広がり、一瞬で溶けるように消えてしまった。

ジョアンナが知っているキャンディは、口に入れるとなくなるまでに時間がかかるものだ。

あっという間に消えてしまったスキルキャンディに驚き、目を見開いて口を押さえるジョアンナ。

しかし、すぐにもっと驚くことが起こる。

なんと！　【鑑定】のスキルが手に入ったようなのだ。

ジョアンナ自身も信じられないが、自分がたった今、【鑑定】のスキルを手に入れたことがハッキリとわかる。

【鑑定】は物の情報がわかるスキルだ。

とても便利なスキルなのだが授かる人が少ないので、【鑑定】を授かった人は身分に関係なく重宝されると言われている。

王宮や貴族、大きな商店などから、多額の報酬を提示されて声がかかったりするのだ。

さっき手に入れたばかりのスキルだが、【鑑定】の使い方も不思議と理解している。

ジョアンナはドキドキしながら口を開いた。

「【鑑定】」

その言葉を言い終わると同時に、目の前にある「紙」「羽ペン」「インク」の情報が空中に出てきた。

ジョアンナの侍女であるコリンナは、戸惑った様子で部屋の入り口に立ち尽くしていた。

朝の準備のためにジョアンナの部屋に入ったところ、予想もしていなかった光景が目に飛び込んできたのだ。

なんと、ジョアンナが寝巻きのまま、興奮した様子で部屋を歩き回りながら何か呟いている。

顔を見るとあふれんばかりの笑顔を浮かべているので、何か良いことがあったようだ。

しかし、いつもはきちんとしている彼女が、こんなことをするのは珍しい。

彼女は何かに夢中な様子で、まだコリンナの存在に気がついていない。どう声をかけようかと考えていると、ふいに彼女と目が合った。

コリンナに気がついた瞬間、耳まで真っ赤になるジョアンナ。驚きで声が出ないのか、口をハクハクと動かしている。

その様子があまりに可愛らしくて、コリンナは笑いをこらえるのに必死だった。


——あああ……、やってしまったわ！

ジョアンナは、気まずくて仕方なかった。

【鑑定】を手に入れたことに浮かれて部屋中の物を【鑑定】していたのを、見られてしまったのだ。コリンナは何も聞いてこなかったが、目が合った時の彼女の驚いた顔を思い出すと逃げ出したくなる。

顔の熱が引かないままで、なんとか朝食を摂ったジョアンナ。

いつもは、朝食後には庭を散歩したり部屋で本を読んで過ごすことが多いのだが、今日はセリーナとお茶をすることになっている。

今朝、ジョアンナの身に起こったことを報告して、指示を仰ぐためだ。

先ほど急ぎで話があると言伝《ことづて》を頼んだところ、有り難いことにセリーナはすぐに時間を作ってくれた。

スキルに関することは、国で管理されている。

ジョアンナは【ログインボーナス】に起こった変化を、研究所に報告する必要があると考えていた。しかし、最近まで学生だった彼女は、どうやって研究所に連絡するのかもわからないのだ。

指定された部屋に行くと、お茶の用意も整い、セリーナは席に着いていた。

部屋にはセリーナの侍女も控えていたが、ジョアンナにお茶を出すと、コリンナとともに静かに退出していく。

ジョアンナは、緊張で少し渇いた喉を紅茶で潤した。

そして、【ログインボーナス】の画面を書き写した紙をセリーナに手渡すと、今朝の出来事を順番に話していった。

「…………そう、そんなことがあったのね。「ガチャ」にスキルキャンディ……どれも初めて聞く言葉ばかりだわ」

セリーナはしばらくの間、渡した紙を読みながら真剣に考えている様子だった。

ジョアンナは、お茶を飲んで彼女が話し始めるのを静かに待つ。

しばらくすると、考えがまとまったようでセリーナは顔を上げた。

そして、ジョアンナにいくつかの確認をする。

「研究所からは調査終了の時に『自身や周囲に危険を及ぼす可能性がある場合には、研究所へ報告』と言われているのよね？」

「はい。あとは……『新しく同じスキルを持った者が発見された場合には、また協力をお願いすることがあるかもしれない』と言われました」

「そう……じゃあ、しばらくはこのまま様子を見ることにするわ。今回の件はどちらにも該当しないし、新しく授かった【鑑定】も訓練施設へ行く必要があるスキルじゃないから……。うん。それでいきましょう！」

そう言って笑うセリーナ。

ジョアンナは本当にそれで大丈夫なのかと思い、少し不安そうな顔をする。

「そんな顔をしなくても大丈夫よ。近いうちにセドリックもリネハンに来ると思うから、内密に相談して上手く話を進めるわ！　それにしても面白いスキルね……その画面は貴方にしか見えないのよね？」

ジョアンナはメニュー画面を出して、画面のある場所をセリーナに伝える。

「はい。今、ここに画面を出しています」

セリーナは興味深そうに身を乗り出した。目を凝らして、画面がある辺りを見つめている。

「確かに何も見えないわね……ちょっと触れてみてもいいかしら？」

ジョアンナがうなずくと、セリーナは瞳を輝かせて手を伸ばした。

どうやらジョアンナ以外は画面に触れられないことは、変わっていないようだ。

ジョアンナの目には、セリーナの手が画面をすり抜けて動いているのが見える。

セリーナは画面に触れられないことに納得すると、残念そうに手を戻した。

お茶をひと口飲むと、何かが閃いたようでパッと表情を輝かせてジョアンナを見る。

「ねえ、［ガチャ］を一回ここで回して、その様子を見せてくれないかしら?」

子供みたいにキラキラした瞳をしているセリーナを見て、ジョアンナは思わず笑いそうになってしまった。

何度か咳をして笑いを堪《こら》えると、ガチャ画面を開く。

セリーナには画面は見えないので、ジョアンナはひとつひとつの動作を丁寧に説明しながら［ガチャ］を回していった。そうして手に入ったのは、またもや聖水だった。

楽しげにジョアンナの話を聞きながら［ガチャ］を回す様子を見ていたセリーナ。

「なんだか、楽しいわね。ねえ、聖水を見せてくれないかしら?」

ジョアンナは聖水を二本取り出してみることにした。アイテムボックス画面を操作して［決定］を押すと、画面から透明な小さなビンが二本飛び出てきた。

ビンは二本ともジョアンナの太腿《ふともも》の上に落ちたので、床に落とさないようにすぐに手で押さえる。

突然、空中からビンが飛び出してくる様子を見たセリーナは驚いて声をあげた。彼女はジョアンナの手元にある聖水を見て、瞳を輝かせている。

「これが聖水です」

「ありがとう！」

セリーナは嬉しそうな表情で聖水を一本受け取り、じっくりと色んな角度から眺めている。

ジョアンナも、もう一本の聖水を手に取った。透明なビンの中には、キラキラした水のような液体が入っている。

【鑑定】を使って情報を見てみると、こんなことが書かれていた。

■聖水
神の祝福を受けた聖なる水

——なんだか神聖な物のようだけど、これは何に使うのかしら？

【鑑定】で得た情報を伝えると、セリーナはそれを渡した紙に書き込んだ。

聖水はキラキラしていて綺麗なので、いつまででも見ていられる。

二人は無言でしばらく聖水を眺めていた。


お昼の時間。一階の廊下にはヴィンセントの部屋へ向かうジョアンナの姿があった。

今日は目覚めてから色々なことが起こったせいだろう。心細さを感じていた彼女は、少しでも早くヴィンセントの顔を見たいと思っていた。そのせいで、無意識にいつもより少しだけ早足になっている。

部屋に入ると、ダニーが食事の準備をしているところだった。

ジョアンナはすぐにヴィンセントの席に目を向けた。ちょうどこちらを見た彼がジョアンナを見つけて優しい笑みを浮かべる。

その顔を見た瞬間。さっきまで胸の中にあった心細さが消えてしまった。ジョアンナは自然と笑顔になり、彼の右隣のいつもの席に座った。

今日のメニューは、サラダ、コーンスープ、ホワイトバードの炭火焼き、パン、フルーツ。

ホワイトバードは、秋から冬にかけて増える大型の鳥型の魔物だ。

この時期は魔の森でホワイトバードの討伐をするので、リネハンではホワイトバードの肉が出回るらしい。

ホワイトバードの肉は、脂が程よく乗っていて美味しいので人気の食材のようだ。

羽も白くて美しいので、様々なものに使われている。

今朝、【鑑定】で調べてわかったことだが、ジョアンナの部屋にある羽ペンにもホワイトバードの羽が使われていた。

ホワイトバードの炭火焼きはひと口サイズの肉が四つ、一本の串に刺して焼いてあり、片手で持って食べられるようになっている。皮がパリッとしていて、噛むと肉汁が口の中に広がる。

塩で焼いたものと、少し辛めの香辛料を付けて焼いたものがあるが、どちらも美味しい。

そして、コーンスープはヴィンセントの好物だ。今日も彼の好みに合わせて、コーンの粒が多めに入っている。

コーンスープの日には、彼はスープをお替わりする。美味しそうにスープを飲む彼を見ているだけで、ジョアンナはなんだか幸せな気持ちになった。

食後にお茶を飲みながら、二人は夢中で話をしていた。

「へぇー、スキルキャンディっていう物を食べたら【鑑定】が使えるようになったんだ⁉　どんな味だったの？」

「口に入れた途端に消えてしまったので、味わう余裕がなかったです。でも甘くて美味しかったですよ」

「ははは……、それにしてもスキルが増えるなんて話は聞いたことがないよ！　それも【鑑定】か……すごいね！」

「ふふ……［ログイン］のボタンを押し続けてきて良かったです」

ジョアンナの脳裏に、初めて画面を見た日から今日までの日々が駆け巡る。

「……千日も頑張ったジョアンナ嬢にだからこそ、手に入れられたもうひとつのスキルだね。本当におめでとう！　【鑑定】か……色々な物の情報が見えるんだよね。面白そうだ。これから楽しみだね！」

ヴィンセントはジョアンナの努力が報われたことを、自分のことのように喜んでくれた。

それがなんだか嬉しくて、ジョアンナの顔には笑顔が浮かぶ。

セリーナもお茶の席で言っていたが、ヴィンセントもスキルを授かった後に新しいスキルが増えたという話は聞いたことがないそうだ。まれに、十五歳の誕生日に複数個のスキルを授かる者がいるらしいが、ジョアンナはそんな人にこれまで会ったことがない。

　ジョアンナは自分に起こった出来事に戸惑う気持ちもあったが、「きっと神様からのご褒美だよ」と楽しそうに話すヴィンセントを見ていると、笑いとともに心が軽くなる。

「ところで……その……【ログインボーナス】の画面を見せてもらうことは、できるのかな？」

　ヴィンセントは少し言いづらそうに、そう切り出してきた。

　紫の瞳は好奇心が隠しきれず、キラキラしている。

　さっきのセリーナも同じ瞳をしていたので、こういうところが二人はよく似ている。

　ジョアンナは立ち上がると、ダニーにヴィンセントの近くまで椅子を運んでもらった。

　椅子に座って、彼の手が届く位置にメニュー画面を出す。

「この手の辺りに画面が出ているのですが……私以外には見えないし、触れないようなんです」

「この辺？」

　ヴィンセントはセリーナと同じように画面がある場所に手を伸ばし、その辺りを探るように手を動かす。ジョアンナの目にはさっきと同じように、彼の手が画面をすり抜けて動いているのが見える。

　ヴィンセントは画面に触れないことを理解すると、残念そうな顔をして手を戻した。

　ヴィンセントの肩越しに、少し身を乗り出してこちらを覗き込んでいるダニーが見える。彼も少し残念そうだ。

「私にしか見えないのですが……「ガチャ」を回してみましょうか？」

あまりにもヴィンセントが肩を落としているので提案してみると、彼はすぐにパッと表情を輝かせた。

「実は……母さまが先に見たと聞いて、少し羨ましかったんだ」

そう言って恥ずかしそうに笑ったヴィンセントを見てジョアンナは微笑むと、ガチャ画面を出した。

「この辺りに四枚……このくらいの大きさのカードがあって……ここに「スタート」で、ここに「ストップ」のボタンがあります。「スタート」のボタンを押しますね！　今、この順番でカードが光っています」

「へえ……右回りで光がグルグル回るのか……面白いね！」

「……そして「ストップ」を押すと、動きが少しずつゆっくりになっていって、最後に止まったカードに書いてあるアイテムが「アイテムボックス」に保管されます。「ストップ」を押しますね……下のカードで止まりました。カードがめくれて……聖水が手に入りました」

ジョアンナは手でカードの大きさや、光の動きなどを伝えながら、「ガチャ」を回した。

ヴィンセントはとても楽しそうに、その動きとジョアンナを見ていた。

——また聖水が手に入ったわ。カードは四枚あるから、そろそろ他の物が出ても良さそうなのに……もしかして、この四枚とも全て聖水なのかしら？

ジョアンナは聖水ばかり出る「ガチャ」に不安を覚えて、少し表情を曇らせた。

しかし、目の前にいる楽しげなヴィンセントを見て気を取り直す。

「次は［アイテムボックス］から聖水を取り出してみますね！」

「確か……画面から出てくるんだよね？　楽しみだ！　画面はこの辺りにあるの？」

「はい、ここにあります」

ジョアンナはさっきと同じように、どんな画面なのかを手を使って伝えながら進めていく。

「［決定］を押しますね！」

ボタンを押してすぐに画面から聖水が飛び出てきた。ジョアンナはそれを落とさないように手で受け止める。

「わっ！　ははは……。空中から突然出てきてビックリしたよ！　これが……聖水かぁ。キラキラして綺麗だね！」

ヴィンセントに聖水を手渡すと、彼はビンを目の前に持ち上げて、振ったりしながら中の液体が光るのを楽しそうに見ている。

「【鑑定】で調べると、どうやら『神の祝福を受けた聖なる水』みたいなんですけど……それ以上の情報はなくて、何に使う物なのかは全くわからないんです」

「なんだか、すごい水みたいだね」

ヴィンセントは聖水がキラキラ光るのが気に入ったのか、夢中で見ている。

ジョアンナがその聖水をプレゼントすると、とても嬉しそうに笑い、大切そうに握りしめていた。

翌日の朝、ジョアンナは目覚めるとすぐに身を起こした。

ドキドキする胸を軽く押さえて、何度か深呼吸をして気持ちを落ち着ける。

そして、覚悟を決めると【ログインボーナス】の画面を開いた。

「よかったー、今日も出てきた！」

いつもと同じように、ログイン画面が出てきた。

ジョアンナが「ログイン」を押すと、いつも通りに「ログインチケットを１枚手に入れました」と書かれた画面が出てくる。

その画面を見て、ジョアンナはホッとしたように息を吐いた。

実はジョアンナは、昨日、色々なことが起こったので「もしかして、もうログインチケットがもらえないかもしれない」と密かに不安に思っていたのだ。

メニュー画面を見てみると、

「連続ログイン：１００１日目」

「ログインチケット：１枚」

「ガチャチケット：２枚」


と書かれている。

これからもチケットがもらえそうなことに安堵《あんど》すると、ジョアンナは持っている三枚のチケットを使って「ガチャ」を回すことにした。

一回目と二回目の「ガチャ」は、どちらも聖水が出た。

昨日から五回続けて聖水が出たことで、本当に聖水しか出ないのではないかという疑惑が強くなる。少し表情を曇らせたジョアンナは三回目の「ガチャ」を回し、「ストップ」を押した。

光の動きが止まってカードがめくられると……なんと、初めて見るカードが出てきた。

そのカードには黒っぽい色の葉が描かれていて、「デスパル草《そう》」と書いてある。

「やった！　聖水以外のカードが初めて出たわ！　デスパル草？　初めて聞く名前ね。薬草かしら？」

名前から植物であることはわかったので、すぐに図書室へ行ってデスパル草について調べてみることにした。

ジョアンナは植物や薬草に関する本を次々と手に取り、デスパル草について書いてある本を探していく。

「あったわ！」

他国の翻訳本にデスパル草に関する記述を見つけた。

その本をじっくり読んでいくと……デスパル草はカリード王国で手に入る薬草だった。

カリード王国は、ジョアンナの暮らすエビロギア王国から、遥か遠くの南の海に浮かぶ小さな島国だ。

デスパル草が生えるのは高い山の頂上付近で、見つけるのも難しく、採ってから三日経つと効能が消えてしまうので、幻の薬草と言われているらしい。

――デスパル草は貴重な薬草みたいね……。もしかしたら、ヴィンセント様の治療の役に立つかもしれないわ！

ジョアンナは本に書いてあることを書き写して、すぐにセリーナに報告した。


ある日の昼。

ヴィンセントの部屋では、最近、毎日のように見られるやり取りが繰り広げられていた。

ヴィンセントのすぐ隣にジョアンナが座って、二人で楽しそうに「ガチャ」を回しているのだ。

ヴィンセントは「ガチャ」が気に入ったようで、昼食の時に「ガチャ」のことを聞いてきた。

その表情があまりにも楽しそうだったので、翌日の昼食後のお茶の時に「ガチャ」を回すと、驚くほど喜んでくれた。

その日から、昼食後にはお茶を飲みながら二人で「ガチャ」を回すようになった。

「ガチャ」は聖水が出る頻度が高いが、なんと「初級ポーション」も一度だけ出ている。

初級ポーションが出た時は、「ポーションまで出てくるなんて、すごいスキルだ！」と、ヴィンセントが大興奮だった。

ジョアンナには、あまり馴染みのなかったポーション。

あまりにもヴィンセントが興奮しているので、詳しく聞いてみると……ポーションにはいくつもの種類があり、効能も様々らしい。

手に入れた初級ポーションは、飲むか患部にかけると、切り傷や打撲などが一瞬で治るそうだ。

骨折や深い傷などの大怪我には使えないが、治癒士がいない場所でもすぐに使えるので、魔の森が近いリネハンでは高い需要があるらしい。

ポーションが出た日から、［ガチャ］を回す時のヴィンセントの瞳が更に輝くようになった。

そんな彼の楽しそうな視線を受けながら回した、今日の［ガチャ］。

結果は……残念ながら聖水だった。

二人で苦笑いしてからジョアンナが画面を閉じようとすると……なんと、新しい画面が出てきた。

「ガチャ10回達成プレゼント」が届きました！

①［10連ガチャ］が解放されました

②ガチャチケット：10枚を手に入れました（有効期限：本日中）

③［アイテムボックス］の枠が20個になりました

④［ガチャ］で手に入るアイテムが増えました

ジョアンナは予想もしていなかった出来事に驚き、目を大きく見開いたままで動きを止めている。

「ジョアンナ嬢、大丈夫？」

そんな彼女の様子を見て、何かが起こったことを察したヴィンセントは、心配そうに声をかけた。

「また、新しい画面が出てきました……」

ヴィンセントも驚いた様子で一瞬動きを止めたが、すぐにダニーやコリンナを呼んでテキパキと指示を出していく。ヴィンセントから指示を受けたダニーは、セリーナを呼ぶために急いで部屋を出ていった。

「ジョアンナ嬢、両親や研究所へ報告する時に必要になるかもしれないから、画面をこれに書き写してもらえるかな？」

テーブルの上には、ヴィンセントの指示で用意された紙などが並んでいる。

ジョアンナはすぐにペンを持ち、画面の文字を全て書き写した。その紙をヴィンセントに渡す。

「［10連ガチャ］……初めて聞く言葉だね。あとは……期限のあるチケットが手に入って……［アイテムボックス］の枠と手に入るアイテムの種類が増えたのか」

二人で話しながらセリーナが来るのを待っていると、ダニーが息を切らして戻ってきた。どうやらセリーナは外出中で、戻りは夕食頃になるそうだ。

ヴィンセントは少し悩んでから、画面を閉じるようにジョアンナに言った。

画面を閉じると、メニュー画面に［10連ガチャ］のボタンが増えている。

そのことをヴィンセントに伝えてから、［？］を押して説明を読んでみると……。

■10連ガチャ
チケット10枚で1回、［10連ガチャ］を回すことができます（1日1回まで）

※　R以上のカードが1枚以上確定で出ます
※　チケットには「ログインチケット」「ガチャチケット」の2種類があります。どちらのチケットでも10枚で1回、「10連ガチャ」を回すことができます（組合せての利用も可能です）

■使い方
①　「スタート」を押す
②　表示された10枚のカードのアイテムが手に入ります
※　失効までの期間が短いチケットから自動的に利用されます
※　手に入れたアイテムは、全て「アイテムボックス」の中に保管されています
※　「アイテムボックス」の枠が空いていない場合は、枠に入っているアイテムを捨てるか、新しく手に入れたアイテムを諦める必要がありますので注意してください

さっきと同じように画面の文字を書き写して、ヴィンセントへ渡す。

ヴィンセントはそれを真剣な顔で読みながら、考え込んでいる。

――なんだか、最近色んなことが一気に起きて……少し疲れたわ。次々とリネハン家の皆さんに迷惑をかけてしまって申し訳ないし……。「１０００日連続ログインの日」から、まだ一週間も経っていないのに……。

ジョアンナは少し落ち込みながらも、画面に目を移す。

――「R」って何かしら？　「10連ガチャ」は、10回分の「ガチャ」が1回でできるようになるようだけど……、これからは10枚チケットを貯めてから「10連ガチャ」を回した方がいいの？　ヴィンセント様と二人で「ガチャ」を回すの、楽しかったのに……。

ジョアンナは日課になりつつある、この部屋での「ガチャ」の時間が減りそうなことに気がついてしまった。それがなんだか寂しくてこぼれそうな溜め息を押し殺していると、ヴィンセントが声をかけてきた。

「ジョアンナ嬢？　そんな顔をしないで大丈夫だよ」

「すみません。ちょっと、色々考えてしまって……」

ジョアンナはヴィンセントを見上げて微笑んだ。

「うーん……「10連ガチャ」は気になるけど、やっぱり母に相談してからの方がいいね。もしよかったら、母が戻ったら一緒に「10連ガチャ」を回すところを見せてくれないかな？」

「はい。セリーナ様が戻ったら、一緒に部屋に伺いますね」

夕食を食べ終わったジョアンナとセリーナは、ヴィンセントの部屋に向かっている。

食事の席で、セリーナにまた手を煩《わずら》わせてしまうことを詫びると、「気にしなくていい」「色々なことが起こって楽しいくらい」と明るく笑って言ってくれた。

セリーナはヴィンセントと一緒に初めての「10連ガチャ」を見られることを、とても楽しみにしているそうだ。

ヴィンセントが一人で歩けなくなり、一日のほとんどをベッドの上で過ごすようになってから、一年半。

ヴィンセントは療養に専念し、セリーナたちは治療法を探すことに奔走《ほんそう》する日々だった。この一年半、セリーナはヴィンセントと一緒に新しいことをする機会が全くなかったらしい。

食事も彼がマナーを気にして一人で食べるようになってからは、新しい料理を一緒に食べて「美味しいね」と笑い合うことも少なくなってしまった。

「ジョアンナさんのおかげで、息子と久しぶりに一緒に何かができることが本当に嬉しいのよ」

そう言って、少し泣き出しそうな顔で微笑んだセリーナ。そんな彼女を見て、ジョアンナの胸はギュッと締め付けられた。

ジョアンナの少し前を歩くセリーナ。彼女の歩みはいつもより少しだけ早かった。

ヴィンセントは夕食を早めに摂り、ベッドの上でソワソワしながら聖水を眺めていた。その瞳は優しい色をしている。

この聖水は初めてジョアンナからもらった物で、いつもベッドのそばに置いている。ビンを振ると中の水がキラキラと光り綺麗なので、横になりながらよく眺めているのだ。

ドアを叩く音が聞こえ、ダニーと訪ねてきた使いの者が話している声がかすかに聞こえてきた。

どうやら二人も食事を終えたらしく、そろそろ部屋に来るようだ。

ダニーにソファーまで移動するのを手伝ってもらい、左手に手袋をしていることを確認した。

マスクや服がずれて醜《みにく》い肌が出ていないかを、ダニーに確認してもらう。

ヴィンセントが手で髪を軽く整えていると、ドアが叩かれた。


ジョアンナがヴィンセントの部屋に行くと、彼はすでに席に着いていた。

テーブルの上には焼き菓子が並び、紙や筆記用具も用意されている。

いつも通りにヴィンセントの右隣にジョアンナが座り、向かいにはセリーナが座った。

少しの時間、お茶を飲みながら雑談をして場が和んだところで、「10連ガチャ」の話に移った。

夕食の前に、セリーナには画面の情報を書いた紙を届けている。

食事の席でも軽く説明をしていたので、すぐに「10連ガチャ」を回すことになった。

二人はよく似た好奇心に満ちた瞳で、ジョアンナを見つめている。

ジョアンナはそんな二人の視線を受けて、少し緊張していた。

「それでは、「10連ガチャ」のボタンを押します」

ジョアンナが少し震えた指でボタンを押すと「10連ガチャ画面」が表示された。

画面はこんな感じになっている。

左側には今は何もないが、「スタート」を押すと十枚のカードが出てくるはずだ。

右側の上の部分には四角の枠があり、その中に……

　「ログインチケット：０枚」

「ガチャチケット：10枚　（うち本日失効：10枚）」

と、持っているチケットの名前と枚数が書かれている。

その下には、［スタート］のボタンがある。

ジョアンナは二人に画面を説明しながら、［スタート］を押してみた。

ボタンを押すとすぐに、左側の何もなかった画面に、左上から一枚ずつ裏返しのカードが出てきた。

カードが十枚並ぶと、画面がピカッと一回光り、全てのカードが同時にめくられた。

十枚のうち、二枚のカードが光り輝いている。

手に入ったのは……

聖水×4
デスパル草×2
初級ポーション×1
ガチャチケット（有効期限：1年間）：2枚×1
中級ポーション×1（R）
女神の涙×1（SSR）

光っているカードは「中級ポーション」と「女神の涙」だ。

「………中級ポーションは、ビンの絵の真ん中に『R』の文字。女神の涙は、不思議な色合いの雫《しずく》の絵の真ん中に『SSR』の文字が書かれています」

ジョアンナは説明を終えると、画面を見ながら手に入れた物を紙に書いて二人に渡した。

その時……さっきまでの楽しそうな顔が嘘のように、セリーナの表情が曇っていることに気がつく。

彼女に負担をかけていることを自覚していたジョアンナは、あまりの申し訳なさに俯いてしまう。

——セリーナ様……。

すると、その様子に気がついたヴィンセントがジョアンナの手をそっと握った。

驚いて顔を上げると、ヴィンセントは優しい瞳でひとつうなずき、微笑んだ。

言葉はなくても「大丈夫だよ」と彼が言ってくれていることが伝わってきて、ジョアンナの瞳が潤む。触れている手は温かくて、そこからヴィンセントの優しさが流れ込んでくるようだ。

彼の手の温もりに励まされながらセリーナを見つめていると、彼女はハッとしたように顔を上げた。それから、少し迷ったような表情を浮かべつつ、口を開く。

「この『女神の涙』なんだけど、記憶が定かではないけれど……伝承に出てくる物なの。確か、世界を救うような力が込められた物だった気がするわ」

それを聞いてジョアンナもヴィンセントも、言葉が出ないほど驚いた。

無意識にヴィンセントの手には力が入り、ジョアンナの手を強く握りしめてしまう。

それに驚いてジョアンナはヴィンセントを見上げた。

「ああ……ごめん」

彼女の視線に気がついたヴィンセントは、すぐに手を離した。

さっきまで手に感じていた温もりが消え、どこか落ち着かない様子の二人。

無言で、普段はあまり食べない甘い焼き菓子に手を伸ばすヴィンセント。

顔を真っ赤に染めて、お茶を飲み始めたジョアンナ。

セリーナはそんな二人を微笑みながら見つめている。その視線に気がついた二人は、そろって気まずげに俯いてしまった。

　さっきまでの緊迫した空気は霧散《むさん》し、三人はそれぞれお茶や焼き菓子に手をつけて気を紛らせた。

　少しの雑談を交え二人が落ち着いてきた頃、セリーナは真剣な顔でいくつかの指示をジョアンナに出した。

女神の涙について、ケルヴィンが戻るまで絶対に口外しないこと
女神の涙は、「アイテムボックス」から取り出さないこと

ジョアンナはそれを真剣に聞いて、忘れないように頭に刻み込んだ。


その夜、彼らはそれぞれ眠れない夜を過ごしていた。

ジョアンナはベッドの中でアイテムボックス画面を眺めていた。

手に入れた女神の涙は、どうやらとんでもない物のようだ。「世界を救うような力」と言われても、ジョアンナには話が大きすぎて実感が湧かない。

それでも、セリーナの緊迫した雰囲気を感じて、大変なことが起きているのはわかった。

「雫の絵が描いてあるし、涙と言うくらいだから液体なのかしら？」

「アイテムボックス」から女神の涙を取り出せば、【鑑定】でどんな物なのかを調べることもできる。

しかし、セリーナに女神の涙は「アイテムボックス」からは出さないように言われていた。女神の涙もデスパル草のように短い時間でダメになってしまうかもしれないので、それも仕方ない気がする。

どんなに考えても、女神の涙についてはセリーナが話してくれた以上の情報がない。

それに加えて、何か情報を得る伝手《つて》や方法も持っていないのだ。ジョアンナにできることは何もなかった。自分のことなのに、何もできない無力さがもどかしい。

溜め息を吐きながら寝返りを打つと、ふと自分の左手が目に入った。

ヴィンセントの顔が頭に浮かび、なんだか急に顔が熱くなってくる。

「ヴィンセント様の手、大きくてゴツゴツしていたわ……」

これまでジョアンナは、父以外の大人の男性と手を繋いだことがなかった。

フィリップとも婚約者として適切な距離を保った交流をしていたので、エスコートを受ける時に、手袋をした彼の手に触れる以外の接触はなかった。

「手……温かかったな……」

ジョアンナは、自分の小さな手とは全く違う大人の男性の手に触れて……ヴィンセントが異性であるということを強く意識してしまう。

湧き上がる羞恥《しゅうち》に耐えきれず、ベッドの上で転がり回るジョアンナ。

彼女の顔は、耳まで赤く染まっていた……。

その頃、ヴィンセントはベッドに横になり、手に持った聖水を眺めていた。

聖水を見ていると、いつもはジョアンナを思い出して柔らかな気持ちで心が満たされるのだが……今は焦燥感に包まれている。

「女神の涙か……」

思わずこぼれた言葉には、切ない色があった。

ジョアンナはあまり気がついていない様子だが、彼女のスキルは極めて貴重なものだ。

スキルの情報が漏れれば、彼女を望む家は山ほどあるだろう。

スキルキャンディで【鑑定】のスキルが増えたことに加え、伝説の物まで手に入ってしまうスキル。

このことが王家に知られたら、きっと王家に取り込もうと動く者が出てくるだろう……。

王太子のセドリックは、リネハンが望まないことを強引に進めることはないはずだ。

しかし、彼の弟たちはどうだろうか？

セドリックには、二人の弟がいる。

側妃の子の十九歳の第二王子、クリフォード。

王妃の子の十五歳の第三王子、トリスタン。

セドリックが見舞いに来た時に愚痴をこぼしていたが、現在、彼らの周りは二つの派閥に分かれているらしい。

王妃の子で、現在の王太子でもあるセドリックを推す、第一王子派。

側妃の子のクリフォードを王太子にしようと動いている、第二王子派。

第三王子のトリスタンの派閥は、第一王子派に属するらしい。

もしも、第二王子派にジョアンナのスキルのことが知られれば、間違いなくクリフォードとの婚約話が持ち上がるだろう。

この国ではある程度の影響力を持っているリネハンだが、第二王子派の動きをどこまで押さえ込めるのかは予想がつかない。

――この身体が健康だったら、慣例を無視して結婚を早めてしまうこともできたが……。

そんな考えが一瞬浮かんできたが、それは無理な話だ。

ヴィンセントは大きな溜め息を吐き、上体を軽くひねった。

すると、自分の右手が目に入る。

「小さくて、柔らかくて……可愛い手だった……」

隣にいたジョアンナが、不安気な表情を浮かべていることに気がついた瞬間。手袋をしていないことも忘れて、思わず彼女の手を握ってしまった。

手に残る彼女の感触を思い出して、胸が小さく痛む。

――こんな身体でなければ……。もしも、身体が自由に動けば、リネハンの次期当主として全力で彼女を守ることができるのに……。

自分の無力さを痛いほど感じ、ヴィンセントは目を閉じて大きな溜め息を吐いた。

その頃、セリーナは今日の出来事を思い返していた。

街の視察から帰ると、ヴィンセントとジョアンナ、それぞれから手紙が届いていた。

内容は同じようなものだったが、どうやらジョアンナの【ログインボーナス】に新しく「10連ガチャ」という能力が増えたらしい……。

ヴィンセントの手紙には、彼も一緒に「10連ガチャ」を確認したいと書いてあった。

それを見て、セリーナは思わず笑ってしまった。

新しい能力に興味があるのも事実だろうが、恐らく彼女が心配で仕方ないのだろう。

最近、二人は昼食時に仲良く「ガチャ」を回していると報告を受けている。どうやら想像していた以上に、ヴィンセントの中でジョアンナの存在が大きくなっているようだ。

それにしても、ジョアンナのスキルには驚かされてばかりである。

スキルキャンディにデスパル草、どちらもジョアンナが思っているより貴重な物だ。

王家や他家に情報が漏れれば、よからぬことを考える者も出てくるだろう。

ジョアンナはハズレ扱いしている聖水も、【鑑定】の結果を聞く限り貴重な物だ。

この国の教会は健全な運営がされているので、あまり心配はいらないが……。

他国には教会が力を持ち、あくどい商売をしている国もある。もしも、そんな国に聖水の存在が知られれば、教会がジョアンナを聖女だと担ぎ上げてひと騒動起こるだろう。

最悪の場合、ジョアンナが攫《さら》われて売られたり、幽閉されて奴隷のような扱いを受ける可能性もある。

リネハンは、隣国や魔物を退けられるほどの騎士団を持っている。

そのため、王家や他国といえども、そう簡単に思い通りにはできない。

リネハンの総力をかけて、ジョアンナを守るつもりだが……【ログインボーナス】の特異性を考えれば、何が起こってもおかしくないのだ。

当主のケルヴィンは、タイミングの悪いことに屋敷を長く空けている。

本格的な冬が訪れ領地が雪で覆《おお》われる前に、領内を回って異常がないかを確認しているのだ。

セリーナは、数日前にケルヴィンへ急ぎの手紙を出していた。手紙を読めば早めに戻ってきてくれるだろう。それまでは、何があってもセリーナがジョアンナを守らなくてはならない。

そんな風に気合いを入れて、夕食後にヴィンセントの部屋に行ったセリーナだったが……。

良くも悪くも、予想外の出来事の連続だった。

仲が良いとは聞いていたが、当たり前のようにヴィンセントのすぐ隣に座るジョアンナ。

セリーナは顔には出さなかったものの、内心ではとても驚いていた。

以前の婚約者と婚約を解消してから、ヴィンセントは人との接触を避けるようになっていた。

それが今では、ジョアンナのすぐ隣で楽しそうに笑っている。それを見ただけで、涙が出そうになった。

そして、ヴィンセントの身なりもセリーナを驚かせた。

ベッドの上で過ごす時間が増えるにつれて、ヴィンセントは見なりに気を配る余裕もなくしていた。

それが、変色した皮膚を隠すためにマスクを身につけ、髪型も以前のように綺麗に整えられている。ダニーに後で聞いた話だが、あのマスクは最近になって誂《あつら》えたものだそうだ。

そんな彼の変化を、セリーナは微笑ましく思った。

少しお茶を飲みながら三人で話したが……。あんな風に自然な笑顔で楽しそうに話すヴィンセントを見たのは、いつぶりだろうか？

セリーナは気を抜くと涙が出てきそうで、実は顔を作るので精一杯だった。

そして、「10連ガチャ」を回してみせてもらうと……ジョアンナのなんと可愛らしいことか。

緊張した様子で、画面が見えないセリーナたちにも伝わるように手ぶりなどをつけて一生懸命説明している。

そんな彼女をヴィンセントが大切そうに見つめている。

セリーナは顔が緩みそうになるのを必死で堪えながら、目の前の二人を眺めていた。

「10連ガチャ」を回し終えて、出てきたカードをひとつずつ読み上げていくジョアンナ。

それを聞きながら、ワクワクしていたセリーナだったが……。

ジョアンナの口から「女神の涙」という言葉を聞いた瞬間、頭の中が真っ白になった。

女神の涙……それは、ヴィンセントのために取り寄せた、古い伝承が書かれている本で見た名前だった。

この国ができるよりも遥か昔、人類が滅亡するかもしれないと言われるような危機が訪れたそうだ。

未知の病が世界中で蔓延《まんえん》し、多くの人が死んだ。人々が恐怖に包まれた時に、世界を救ったとされるのが女神の涙だった。

「暗い闇に包まれた大地に、女神の涙をひと雫落とすと、世界は光に包まれて人々は希望を取り戻した」

ジョアンナにはあえて伝えなかったが、本にはそう書かれていた。

そんな物をジョアンナは持っているのだ。

部屋にいた使用人も含めて厳重に口止めしたが、セリーナでは彼女を守りきるのは難しいだろう。

手を繋いで頬を赤らめていたあの二人の幸せを……なんとか守りたい。

胸の中の不安を吐き出すように、大きく息を吐いたセリーナ。

彼女は、早く愛する夫の顔が見たくて仕方なかった……。

第三章　当主の帰還と来訪者

ジョアンナはセリーナと一緒に近くの街に来ていた。

もうすぐ本格的な冬が訪れるので、その前にジョアンナの服などをそろえるためだ。

部屋のクローゼットにはセリーナが用意してくれた服がいくつも入っているので、ジョアンナにはこれ以上の服は必要なかった。

しかし、セリーナに「ずっと娘が欲しかったから、一緒に買い物に行きたい」と言われてしまえば、一緒に行く以外の選択肢はない。

思えば……ジョアンナはリネハンに来てからずっと屋敷で過ごしていたので、これが初めての外出だ。

連れてきてもらった街は、活気にあふれていて、通りには多くの人が歩いている。

まだ十一月なのにリネハンは王都やマーランドの真冬と同じくらい寒いので、ジョアンナは厚着をしてきた。

しかし、セリーナや通りを歩く多くの人は、ジョアンナよりずっと薄着なのに平然としている。皆、この気候に慣れているみたいだ。

街には隣国の人も多くいるらしく、見慣れない形の服や装飾品を身につけている人をよく見かける。

「珍しい服を着た人が多いでしょう。あれは隣国で一般的な服ね。この街には隣国の大きな商店があるから、沢山の従業員が住んでいるの」

セリーナから聞いた話によると、商店の従業員がこの街と隣国をよく行き来しているので、ここには隣国で流行っている物がすぐに入ってくるそうだ。

リネハンの商人も隣国で店を出しているらしく、リネハンで手に入る物も隣国で流通しているらしい。

「王都でも手に入らない変わった物も多いから、街を歩くだけでも楽しいわよ」

セリーナの言った通り、大通りに並ぶ露店には見たことのない物が多い。美味しそうな香りをあげている屋台などもある。

ジョアンナは夢中になって周囲を見渡していた。

セリーナの案内で向かった通りに入ると、人が一気に減った。

通りを歩く人の服装が変わり、従者を連れた人を多く見かける。この辺りは貴族や裕福な人たちが通う店が多いそうだ。

セリーナは普段は商人に屋敷へ来てもらって買い物をすることが多いが、実はこうして街へ足を運ぶことが好きらしい。

ジョアンナはリネハンに来たばかりなので喜ぶと思い、今日は街に連れてきてくれたそうだ。

セリーナの心遣いに感謝しながら彼女の後に続いていると、ひとつの小さな店の前に着いた。

「ここが私のお気に入りの店なの。小さな店だけど品ぞろえも豊富だし、何より店主の腕がいいのよ」

店に入ると、飾られている様々なデザインの服がまず目に入る。隣国の服をアレンジしたものや、初めて見るデザインの服も多い。

店の奥の棚には、色とりどりの布や革、手の込んだ織物などが沢山置かれている。

目を輝かせて店内を見ていたジョアンナに、一人の小柄な女性が近づいてきた。

彼女がこの店の店主で、この店の服を全てデザインしているそうだ。

彼女はいくつかの服を手に持ち「よかったら着てみて」と明るく言ってくれた。

コリンナと店の従業員に手伝ってもらい試着すると、服の軽さに驚く。着心地も良くて、とても暖かい。

淡い紫色のこの服には、羊に似た魔物の毛から作った布が使われているらしい。

色合いもジョアンナのピンクブロンドの髪に合い、なかなか似合っている。

——ヴィンセント様に見せたらなんて言うかしら？

そんなことを考えて、鏡の前で一人で顔を赤くするジョアンナ。

その様子を見ていたセリーナは何かに気がついたように微笑むと、店内を見渡して薄い水色のドレスを手に取った。

「ジョアンナさん、これも着てみて！　きっと似合うわ。ヴィンセントは水色が好きなのよ」

それからジョアンナはいくつもの服を試着していく。店内にある服や小物はどれも素敵なものばかりだ。セリーナや店主と一緒に店内を見ていたジョアンナの瞳に、水色の膝掛けが映った。

――あっ！　この膝掛け……素敵だわ。最近は寒い日が多いし、ヴィンセント様にどうかしら？

「それは、ジョアンナ様が最初に着た服と同じ素材の布が使われているので、軽くて温かいですよ」

店主に勧められて膝掛けを手に取ってみると、上品な刺繍が施されていて素敵だ。手触りもよくて暖かい。

「セリーナ様。ヴィンセント様にこの膝掛けを贈ろうと思うのですが……」

「まあ、素敵ね。きっと喜ぶわ！」

その言葉を聞いたジョアンナは嬉しそうに笑い、ヴィンセントに膝掛けを贈ることを決めた。

店主にお礼を言って店を後にすると、セリーナはお気に入りのカフェへ連れて行ってくれた。

店の外に沢山の花が飾られている、とても可愛らしいカフェ。

輝いた瞳で店を見ている女性を何人か見かけたので、人気がある店なのだろう。残念そうな表情で「満席だってー……」と言っている女性もいた。

セリーナに軽く手を引かれて店内に入ると、あまりの可愛らしさにジョアンナの足が止まる。

店内には花があちこちに飾られていて、内装やテーブルクロスなどのインテリアも可愛らしいものばかりだ。

「可愛い店でしょ？」

そう言って得意げな表情を見せるセリーナ。

入り口近くのガラスケースには、カラフルで可愛い沢山のケーキが並んでいる。

この店は花を使ったケーキが食べられる店のようだ。

どうやら持ち帰りもできるようで、何人もの女性が熱心にケーキを選んでいる。

実の所、ジョアンナは食用の花がそんなに好きではなかった。中には美味しい物も確かにあるが、酸っぱかったり独特の味がする物も多く、普通の野菜や果物の方がよっぽど美味しいと思っている。

そんなジョアンナでも、この店のケーキは食べてみたくなるほど可愛いものばかりだ。

店員に案内されて店の中を進むと、輝いた表情でケーキを食べている沢山の女性が見えた。

どのテーブルの上にも可愛いケーキやお茶が置かれており、カラフルで華やかだ。

予約していたらしい個室は、花が沢山飾られていて可愛らしいインテリアが並んでいた。

ジョアンナは瞳を輝かせて部屋の中を見渡している。そんな彼女を見て、セリーナが柔らかい笑みを浮かべた。

　席に着くと店員がそれぞれに好みなどを聞き、すぐにいくつかのお勧めのケーキを持ってきてくれる。ジョアンナは水色の花がのった可愛らしいケーキ、セリーナはこの時期だけの限定ケーキを選ぶ。

　店員から渡された分厚いお茶のメニューには、花とハーブを混ぜたものや普通の紅茶など、沢山のお茶が並んでいる。散々迷ったジョアンナは、結局、店員に好みを伝えてお勧めのものを注文した。セリーナはいつも屋敷で飲んでいるお茶にしたようだ。

「ふふ……やっぱり女の子が一緒だと楽しいわね！　うちにはヴィンセントしかいないから……息子のお嫁さんとこうして買い物したりして過ごすのがずっと夢だったの！」

そう言って少女みたいに笑うセリーナ。

ジョアンナも十歳の時に母を病気で亡くしていたので、こんな風にお洒落なカフェへ家族と出かけるのは初めてだった。

継母もキャロラインとはよく出かけていたが、それは決まってジョアンナに来客がある日だった。ジョアンナは継母とこんな風に一緒に街を歩いたり、服を選んでもらったことは一度もない。

「私も母を早くに亡くしているので、こんな風にセリーナ様と出かけられて嬉しいです。今日は誘っていただき、ありがとうございます！」

「こちらこそ、本当にありがとう！　もしよければ、ジョアンナと呼んでもいいかしら？」

「はい！　もちろんです」

「ありがとう、ジョアンナ。私のこともよければ……義母《はは》と呼んでくれたら嬉しいわ……」

名前を呼ばれると、なんだかセリーナとの距離がグッと近づいたように感じて嬉しくなった。

だから、ジョアンナも初めて呼んでみたのだ……。

「……お義母《かあ》さま」

小さな声で頬を赤く染めながらそう呼んだジョアンナを見て、セリーナは心から嬉しそうに笑った。

それから二人はお互いにひと口ずつ分け合ったりしながら、本当の母娘《おやこ》のようにケーキを食べた。

　分け合って食べたケーキはどれもとても美味しくて、絶対にまた一緒に来ようと二人は約束したのだった。


　翌日、ヴィンセントはジョアンナと食後のお茶を飲んでいた。

「そっかー、二人でカフェに行ったんだ⁉」

「はい！　花が沢山飾られたとても可愛いお店で、ケーキもとっても美味しかったんですよ」

　昨日、母と出かけた時のことを楽しそうに話すジョアンナを見て、ヴィンセントは柔らかい笑みを浮かべる。本当に楽しかったのだろう。今日の彼女は口数が多い。

　彼女から街で見かけたものの話を聞きながら、ヴィンセントは記憶の中の街の景色を思い出した。

　――あの串焼き屋はまだあるだろうか……。

　元気だった頃、街に行くたびに食べていた串焼きを思い出した。気のいい店主が焼く甘いタレの串焼きは、きっと彼女も気に入るはずだ。

　串焼きを頬張って笑う彼女の姿が目に浮かび、ヴィンセントは柔らかい表情をみせた。

　――隣国の料理を出してくれるあのレストランも喜ぶかもしれないな。

　初めて見る食材や料理を食べるたびに、いつも瞳を輝かせているジョアンナ。彼女がどんな表情をするのかを想像しただけで、ヴィンセントの胸は温かくなった。

この身体になってから街に行きたいと思ったことなんてなかったのに……ジョアンナと一緒に過ごすようになってから、自分が欲深くなったことを感じる。

そんなことを考えていると、ジョアンナが大きな包みを手に持っているのが見えた。

「あの……ヴィンセント様。昨日、街で見て素敵だったので……」

そう言って渡された包みを開くと、中には鮮やかな水色の膝掛けが入っていた。

「これから寒くなるので、よかったら使ってください」

「ありがとう。大切にするよ」

ヴィンセントは優しい表情で膝掛けをそっと撫でて、幸せそうに笑った。


ヴィンセントの部屋を出たジョアンナは、セリーナとお茶を飲んでいた。

「ふふふ……。ヴィンセント、喜んでいたでしょう？」

「はい！」

ジョアンナは嬉しそうにセリーナに微笑んだ。

「服は褒めてもらえたの？」

「…………」

「ったく、あの子ったら」

今日のジョアンナは、昨日、街で買ったばかりの水色の服を着ていた。ヴィンセントの反応がなかったことを知って、あきれた表情をみせるセリーナ。

　そんな話をしながらお茶を飲んでいると、慌てた様子の侍女が部屋にやってきた。

「セリーナ様！　旦那様がお戻りになられました！」


　二人が急いでエントランスに向かうと、ヴィンセントの父のケルヴィンがセリーナを見つけて、まっすぐ向かって来ているのが見えた。

　食堂の絵で何度も見ている彼だが、実物は絵よりも遥かに美しく凛々しい印象だ。

　彼はセリーナをギュッと抱きしめると、落ち着いた声で「ただいま」と静かに言う。

　セリーナは彼の背に手を回してから、目を閉じて安心したような表情を見せ「おかえりなさい」と囁いた。

　しばらく抱き合って再会を喜んでいた二人だが、ケルヴィンの後からやってきた執事が軽く咳払いをすると、セリーナがハッとしたようにジョアンナに目を向けた。

　セリーナはすぐにケルヴィンの背を何度か叩き彼の腕の中から抜け出すと、ジョアンナの隣に立った。

「こちらがヴィンセントの婚約者のジョアンナよ」

　ジョアンナは丁寧にカーテシーをしてケルヴィンへ挨拶する。

「はじめまして、ケルヴィン様。マーランド伯爵家から参りました、ジョアンナです。よろしくお願いいたします」

「はじめまして、ヴィンセントの父のケルヴィンだ。領内を回っていたので挨拶が遅れてしまい、申し訳なかった。セリーナから手紙でジョアンナ嬢のことは聞いている。毎日、息子と昼食を摂ってくれているそうだね。いつもありがとう」

彼は柔らかい表情でジョアンナの挨拶を受けると、ヴィンセントによく似た笑顔で微笑んだ。


夕食の時間になり食堂に行ったジョアンナは、いつも空席だった席にケルヴィンが座っているのを見て、不思議な感じがした。

当主の帰還が嬉しいのだろう。心なしかいつもより張り切った様子の給仕たちがテキパキと食事の準備を進めている。

テーブルには、初めて見る料理が並んでいる。どうやら、今日のメニューはケルヴィンの好物が多いようだ。

当主が帰ってきたことに喜んだ料理人たちが彼の好物ばかり張り切って作ったのだと、給仕たちが笑顔で教えてくれた。

ケルヴィンは、速度は早いが美しくカトラリーを使いながら上品に食べていく。一番の好物だという猪に似た魔物の肉を使った料理は、何回もお替わりをしていた。

ジョアンナも勧められて食べてみると、少し硬めな肉質だが肉の甘みを感じて美味しい。

ケルヴィンの話によると、この肉は調理法によっては獣臭さが出てしまうが、この屋敷の料理人たちは腕が良いのでいつも美味しく料理してくれるらしい。

食事をしながら、ケルヴィンは視察の様子を話してくれた。

どうやら、今年は例年よりも寒さの厳しい冬になるかもしれないそうだ。

リネハンで本格的に雪が降り始めるのは来月くらいからなのだが、隣国付近の山間部ではすでに歩けないほど雪が積もっているらしい。

こうして雪が早めに降る年は、雪が多く降り、寒さが厳しく長い冬になることが多いそうだ。

雪が早めに降って急に寒くなったせいか、風邪などで体調を崩している者がやたらと多いので、ケルヴィンは薬草を買い付けて早めに対策をしようと考えているらしい。

夕食を終えた三人は、部屋を移動して【ログインボーナス】の話をすることになった。

ジョアンナはケルヴィンに、スキルを授かった後の話をしていく。

「……長い間、よく頑張ったね。研究所の最終判断の後は、一人で先も見えなくて大変だっただろう」

彼は紙に何かを書きながら全て聞き終えると、ジョアンナを優しい瞳で見つめてそう言ってくれた。

彼の優しい声と言葉を聞いて、ジョアンナの瞳は潤んでしまう。

――なんのために、毎日これを続けているのか……

――これに意味はあるのか……

――今日こそやめてしまおうか……

――どうして私が授かったのは【水魔法】じゃなかったんだろう……

――もしも、違うスキルだったら……

口には出さなかったが、そんな思いを何度も何度も……抱いたのだ。

ケルヴィンが、ジョアンナの過ごした日々を想像して労《ねぎら》ってくれた。それがとても嬉しくて、ジョアンナはすぐに言葉が出てこなかった。

ジョアンナの気持ちが落ち着くと、ケルヴィンはこれからの話をしてくれた。

来週、王太子のセドリックがヴィンセントの見舞いにリネハンに訪れるらしい。

二日ほど屋敷に滞在するので、その時に彼の前で【ログインボーナス】と【鑑定】を実際に使ってみせて欲しいそうだ。

ジョアンナは最近まで学園に通っていたので、王宮での夜会などに出席した経験が全くない。

初めての王族との対面が、自分のスキルを説明する場になるのだ。想像するだけで体が震えてしまう。

「セドリックは細かいことは気にしないので、失敗してもなんの問題もない」

「ヴィンセントの友人だし、そんなに緊張しないで気楽にやってくれれば大丈夫よ」

顔色を悪くしたジョアンナに気がついた二人が励ましてくれるが、当日のことを考えるだけで胃が痛くなりそうだった……。


ジョアンナが部屋を退出すると、部屋にはケルヴィンとセリーナだけになった。

ケルヴィンはセリーナのすぐ隣に移動して、彼女をそっと抱き寄せた。

セリーナも彼の肩に頭を乗せて、静かに目を閉じる。久しぶりに彼の体温に触れて、張り詰めていた心が解けていくようだった。

「苦労をかけたな……」

「ふふ……可愛い娘のためですもの、なんてことありませんわ！」

「ははは……確かに素直で素敵なお嬢さんだな」

「ええ、本当にいい子なの。だから、絶対に守ってあげたくて……」

そう言ってケルヴィンを見上げたセリーナの瞳は潤んでいる。

「確かに、ちょっと聞いただけでもとんでもないスキルだな。セドリックも彼女がヴィンセントの婚約者じゃなければ、自分の元に欲しがっただろう」

「セドリックが来るのはもう少し先のはずだったけど……貴方が呼んだの？」

「ああ、屋敷の者を信用しているが……情報が漏れる前に彼と話をしなければならない。そんな顔をするな。大丈夫だ！」

「……本当にいい子なの。ヴィンセントも彼女のことをとても大切にしているわ」

ヴィンセントの部屋がある方角を見つめながら、心配そうな表情を見せるセリーナ。

そんな彼女の肩をケルヴィンはそっと撫でた。

「あとは、俺に任せてくれれば大丈夫だ。……それにしても、随分仲良くなったのだな。俺も早く『お義父さま』と呼ばれてみたいものだ」

「ふふふ……、私も昨日初めて呼んでもらったけど、自分に娘ができたみたいで嬉しかったわ」

その後も二人は、最近のヴィンセントとジョアンナの様子を話したりしながら、ゆっくりと久しぶりの二人の時間を過ごすのだが……この時は、夢にも思わなかった。

明日の朝、ジョアンナから知らせが届いて、二人でそろって頭を抱えることになるとは……。

明日は「連続ログイン：１０１０日目」

また、ジョアンナに新しいプレゼントが届くのだ。


翌日の昼。

【ログインボーナス】に新しい変化が起こったジョアンナは、少し緊張した面持《おもも》ちでヴィンセントの部屋へ向かっていた。

これから報告を兼ねて、四人で昼食を摂ることになっているのだ。

廊下を歩いていると、ヴィンセントの部屋の前にケルヴィンと見慣れない年配の男性がいるのが見えた。

「はじめまして、ヴィンセント様の主治医をしております、パオロ・ラコーニと申します」

パオロはにこやかな笑顔を浮かべて、丁寧にジョアンナに挨拶をする。彼は、王宮からの紹介でヴィンセントの主治医をしているそうだ。

ジョアンナも笑顔で彼に挨拶を返したが、なぜだか自分でもわからないが……彼が少し苦手だった。

――にこやかで感じのいい方なのに、この嫌な感じは何かしら？

ジョアンナは自分の中で湧き起こる不思議な感覚に、少し戸惑っていた。

「ヴィンセント！　そのマスク、なかなか似合うな！」

食事の席に着いたケルヴィンは、久しぶりの家族全員での昼食に上機嫌だ。

ヴィンセントのマスクを初めて見たようで、しきりに褒めている。

ジョアンナがリネハンに来た頃、ヴィンセントの左側の顔や首には包帯が巻きつけられていた。

そんな包帯は、少し前から黒いマスクに替わっている。これが美しい顔立ちをした彼によく似合っていて、ジョアンナも初めて見た時には目を奪われた。

ずっと痛みがあって包帯を巻いているものだと思っていたジョアンナは、あの包帯は皮膚の変色を隠すために巻いているのだと知って驚いた。

「ジョアンナさんに黒い皮膚を見せたくないのよ」

二人でお茶をした時に、セリーナがこっそり教えてくれたのだ。

ずっと包帯の巻かれたヴィンセントの痛々しい姿を見て胸を痛めていたジョアンナは、それを聞いて少し安心したものだ。

ヴィンセントは少し気恥ずかしそうに笑いながら、マスクをケルヴィンに見せている。

マスクには魔物から採れる高級な素材が使われているらしい。肌触りが良く、伸縮性もあるので着け心地も良いそうだ。

マスクの話に夢中になっているとあっという間に食事の準備が整い、テーブルの上には美味しそうな皿が並んだ。

今日のメニューは、サラダ、野菜のスープ、サンドイッチ、フルーツ。

サンドイッチは、ヴィンセントも食べやすいように小さく切られていた。サラダも蒸し鶏と野菜や花などを小さく刻んであり、スプーンだけで食べられる。どれも片手で食べやすいものばかりだ。

ジョアンナはいつも通り片手でサンドイッチを持ち、パクパク食べている。

彼女は気がつかなかったが、その様子を見てケルヴィンとセリーナは少し驚いていた。

ジョアンナはすっかりこの部屋での食べ方に慣れてしまっていたが、貴族女性は小さなサンドイッチでもナイフとフォークを使って食べるのが基本マナーだ。

目の前に座る両親の視線に気がついたヴィンセントが、二人にだけにわかるように自分の左手をチラリと見る。

納得の色を浮かべた二人に微笑み、ヴィンセントもいつも通りに右手でサンドイッチを手に取りかじりついた。

ケルヴィンとセリーナも、二人と同じように片手でサンドイッチを手に持って口に運んだ。

四人は美味しい料理を食べながら、ケルヴィンが領内を回った時の話や、彼が不在の間の屋敷での話などをして和やかな時間を過ごす。

食事を終えてお茶を淹れると、使用人は静かに退出していった。

軽くお茶を飲んでから、ジョアンナは今朝自分に起こった出来事の話を始めた。

三人は画面を書き写した紙を見ながら、その話を真剣な表情で聞いている。

「今朝、目覚めていつも通りに［ログイン］を押すと、この画面が出ました」

連続ログイン　１０１０日達成！
「連続ログイン達成プレゼント」が届きました！
①　［交換］が解放されました
②　「コイン」の配布が始まりました
③　期間限定コイン：１００枚を手に入れました（有効期限：本日中）
④　［ガチャ］で手に入るアイテムが増えました

「なるほど、［交換］とコインか……」

「はい。そしてこの画面を閉じると、いつも通りに『ログインチケットが1枚』と、新しく『コインが10枚』手に入ったのです」

三人とも紙を見て内容を理解したようなので、ジョアンナは次のメニュー画面の説明に移る。

「メニュー画面を見ると、メニューという文字の右側に、持っているチケットの枚数などの情報が書かれている四角の枠があるのですが、そこにコインについての情報が追加されました」

ジョアンナは紙に描いた図を指差しながら、説明していく……。

メニュー画面の右上にある四角の枠には……

「連続ログイン：１０１０日目」

「ログインチケット：１枚」

「ガチャチケット：０枚」

「コイン：10枚」

「期間限定コイン：１００枚（うち本日失効：１００枚）」

と書かれている。

「メニュー画面には、新しく［交換］のボタンも増えました。［交換］の説明にはこう書いてあります」

■交換
これまでにガチャで手に入れたことのあるアイテムやガチャチケットと、コインの交換ができます
※一部、交換対象外のアイテムもあります
※「交換できる数の上限」や「交換できる期間」はアイテムごとに異なります
※R以上のアイテムの交換はまだ解放されていません
■使い方
①交換したいアイテムを選び、［交換する］を押す
②交換する数を入力する（やめる場合は［×］を押して画面を閉じてください）

③　〔決定〕を押す
※　手に入れたアイテムは、全て〔アイテムボックス〕の中に保管されています
※　〔アイテムボックス〕の枠が空いていない場合は、枠に入っているアイテムを捨てるか、新しく手に入れたアイテムを諦める必要がありますので注意してください

ジョアンナが説明を終えると、新しく増えた〔交換〕を試してみることになった。

三人は真剣な顔で、ジョアンナを見つめている。

「それでは〔交換〕のボタンを押します」

ボタンを押すと、すぐに「交換画面」が表示される。

そこには、同じ大きさの横広の四角の枠が、縦にいくつも並んでいる。

四角の枠の中には……

　アイテムの絵
　アイテムの名前
　交換に必要なコインの数
　〔交換する〕と書かれたボタンがある。

交換に必要なコインの数はバラバラだが、ガチャチケットやよく出る聖水は一番少ないコインで交換可能なようだ。

　ガチャチケット：１枚……１００枚

ガチャチケット：10枚……900枚
聖水……100枚
初級ポーション……200枚
初級毒消しポーション……200枚

デスパル草は画面にないので対象外になるらしい。

本日期限のコインが100枚あるのでどれと交換するのかを話し合い、ガチャチケット1枚と交換することにした。

ジョアンナはガチャチケットの［交換する］のボタンを押す。すぐに出てきた確認画面で、「1」を入力して、ガチャチケットとコインを交換した。

手に入ったガチャチケットを確認するために、メニュー画面を開いて持っているチケットの枚数が書かれている枠を見ると、ガチャチケットが「0枚」から「1枚」に変わっていた。

［交換］を終えた四人はお茶を楽しみながら話し込んでいた。

話題はいつの間にかヴィンセントの幼い頃の話になる。

今は物静かなヴィンセントだが、子供の頃はヤンチャでセリーナの手を焼かせたそうだ。

ケルヴィンや騎士たちが魔物の討伐に出ることを知ると、何度も馬車に隠れてついていこうとしたらしい。屋敷をこっそり抜け出そうとしたことも、一度や二度ではないそうだ。

セリーナ自身が剣を嗜《たしな》み身体を鍛えていたからなんとかなったが、普通の貴族女性ではきっと手に負えなかっただろう。

　ヴィンセントは顔を赤く染めながら「もう止《や》めてください」と何度もセリーナを止《と》めていたが、気分が乗ったセリーナは次々と色んなことを思い出して話していく。

　ケルヴィンは大笑いしながらそれを聞いて「そういえば……」などと、彼の知るヴィンセントのエピソードを話してくれた。

　ヴィンセントは終始恥ずかしげで少し可哀想だったが、ジョアンナは彼の新しい一面を知ることができて嬉しかった。

　笑いすぎてジョアンナの顔が痛くなり始めた頃、ヴィンセントの薬の時間になり、ダニーが薬と水を持ってやってきた。

　白い包みを開けると、辺りには苦いような臭いが広がる。

　中から出てきたのは、黒い丸薬が二つだ。

「独特の匂いがするな」

「これでも、だいぶマシになったんだ。パオロ先生の薬は、丸薬だから飲みやすいよ。前の先生の時は粉薬だったんだけど……ひどい味と匂いで飲むのが辛かったし、飲み終わった後もしばらくは口の中から嫌な匂いがするんだ。あの頃は、薬の時間が憂鬱《ゆううつ》で仕方なかったよ」

　薬の匂いに顔をしかめたケルヴィンに、ヴィンセントは笑いながら言う。

　粉薬の話をする時に彼があまりに嫌そうな表情をするので、ジョアンナは思わず笑ってしまった。

――ヴィンセント様がそこまで言う粉薬って、どんな感じなのかしら？　ちょっと、見てみたい気もするわ。

そんなことを考えながらヴィンセントが持った薬を見ていたジョアンナは、いつもの癖で無意識に【鑑定】で情報を確認してしまった。

すると……そこには目を疑うような文字が書かれている。

■毒薬

ベネラーナの内臓から採れる毒を含む丸薬

飲み続けると内臓が徐々に弱り、衰弱して数年で死に至る

ジョアンナは頭が真っ白になりながらも、薬を口へ運ぼうとしているヴィンセントの手を必死に掴んだ。薬のことをすぐに伝えなければならないのに、喉が張りついたように渇き、声が出てこない。

「ジョアンナ嬢？」

驚いたヴィンセントが彼女を見ると、顔色が真っ青になり唇が震えている。

これは普通ではないと思い、とっさに左手を彼女に伸ばそうとするが、激痛が走っただけでピクリとも動かない。ままならない自分の身体に苛立ち、ヴィンセントは奥歯をガリッと噛み締めた。

様子を見ていたセリーナは静かに立ち上がりジョアンナの元へ移動すると、彼女の背中にそっと手を伸ばして優しく撫でる。

そうしてもらっているうちに、ジョアンナは少しずつ落ち着きを取り戻していった。

「お義母さま、ありがとうございます」

そう言ってセリーナに微笑んだジョアンナの意識は、ヴィンセントの手を力いっぱい握ったままの自分の手に向かう。

「ヴィンセント様、すみません！」

ジョアンナは慌てて手を離した。

彼の手は少し赤くなっていて、持っていた丸薬は二錠とも床に落ちている。

「大丈夫？」

ヴィンセントは、心配そうな瞳でジョアンナを見つめている。

ジョアンナは首を縦に振り、ヴィンセントに微笑んだ。

そして、ヴィンセント、セリーナ、ケルヴィンを順番に見つめてから静かに口を開いた。

「あの……皆さんに大切なお話があります」

ケルヴィンは黙ってうなずき、すぐにお茶を入れ替えさせてから人払いをした。

部屋に四人だけになると、ジョアンナはお茶をひと口だけ飲んで喉を潤してから、【鑑定】で見た薬のことを伝えた。

バンッ！

話を聞いたケルヴィンは怒りのあまり、座っていた椅子を殴りつけた。握られた拳は震えていて、顔は怒りに満ちて赤くなり、額《ひたい》には血管が浮き出ている。

セリーナは顔を真っ白にして、テーブルの真ん中に置かれた丸薬を呆然と見つめている。

ヴィンセントも驚きが大きかったようで、目を見開いて丸薬を見ている。

最初に動き出したのは、セリーナだった。

目を吊り上げておもむろに立ち上がり、ドアへ向かった。それを見たケルヴィンが慌てて彼女の元へ向かい、今にも飛びだしていきそうな彼女を必死に止めている。

しばらくして、ケルヴィンに肩を抱かれてなんとか席に着いたセリーナ。彼女の髪は少し乱れていて、瞳には激しい怒りの色が見える。

あまりの迫力に驚いたジョアンナは、呆然と二人を見ていた。

席に座ってからもセリーナは興奮した様子で、「パオロを叩き切る」と言って聞かない。何度も腰を浮かせるセリーナを、ケルヴィンが肩に手を置きなんとか抑えている。

ケルヴィンは、何度もセリーナに「全て自分に任せてくれ」と言い、懸命に説得し続けた。

そうしているうちに、少しずつセリーナも落ち着きを取り戻していく。

彼女はカップを手に取ると、いつもの上品さが嘘のようにグビッとお茶を飲み干した。すぐにケルヴィン自らポットを手に取り、セリーナのカップにお茶を注ぐ。

その向かいでは、ジョアンナとヴィンセントが気配を消して静かにお茶を飲み、セリーナが落ち着くのを待っていた。

「驚かせてごめんなさいね」

落ち着きを取り戻したセリーナは顔を赤らめて謝罪すると、乱れた髪を手櫛《てぐし》で軽く整えた。

ケルヴィンはダニーを呼び、パオロの薬を全て持ってこさせた。そして、ジョアンナに【鑑定】で調べるように頼む。

薬をひとつずつ【鑑定】で調べていくと……残念ながら全て同じ毒薬だった。

ケルヴィンの話によると、パオロは一年くらい前から、月に一度の頻度で屋敷に来ているそうだ。ヴィンセントの効果的な治療法は見つかっていないので、黒い丸薬は体力を落とさないための薬だと説明されていた。

パオロの薬を飲み始めた頃は、一時的にヴィンセントの体調が良くなっていたこともあり、これまでに彼を不審に思ったことは一度もなかったらしい。

薬の件は、数名の使用人と四人の胸に秘めて、絶対に口外しないようにケルヴィンから指示を受けた。ケルヴィンは、これから徹底的にパオロを調べるらしい。

毒を知らずに飲まされていたヴィンセントは、ケルヴィンが信頼できる薬師に身体を診てもらうそうだ。

少し前までの和やかな空気はすっかり消えて、それぞれの顔に疲労を色濃く残し、この日の昼食は終わりを迎えた。

数日後、ケルヴィンが招いていた薬師のディーノが屋敷にやって来た。

ディーノは褐色系の肌をしていて、異国の雰囲気の漂う若い男性だ。

おっとりとした話し方で、いつも明るくニコニコしている。

彼は屋敷に到着すると、すぐにヴィンセントを診てくれた。

パオロから飲まされていた毒の種類がわかっていたので、ディーノは手持ちの薬草などを使ってすぐに薬を作ってくれた。このまま薬を飲み続ければ少しずつ解毒されるので、毒による後遺症はほとんどないそうだ。

それを聞いて、事情を知る者は胸を撫で下ろす。

デスパル草の情報を得るために屋敷に招かれたディーノは、数日の滞在を予定していたが、春までは屋敷の客室で過ごすことになった。

新しい医師が見つかるまで、ヴィンセントの主治医になることをケルヴィンに頼まれたのだ。

もうすぐ、本格的な冬が訪れる。ディーノが住んでいる隣国の町でも、真冬には雪が深く積もり移動が厳しくなるそうだ。

そのため、冬の間は仕事がなかったらしいディーノは、すぐにこの話を引き受けた。

屋敷に滞在中、彼はヴィンセントの診療に加えて、薬を作る仕事もすることになった。

リネハンの領内では例年よりも風邪が流行っているので、ケルヴィンは急いで薬草を買い集めている。その薬草を使って薬を大量に作り、雪が積もって移動が困難になる前に領内に配る必要があるのだ。

ケルヴィンはすぐにディーノ専用の調合室を作った。ディーノはそこで薬作りに励んでいる。

ディーノの来訪に続き、数日後には王太子セドリックの来訪も控えている。

屋敷は慌ただしい空気に包まれていたが、ジョアンナは変わらない毎日を過ごしていた。

午前中は図書室か散歩に行き、昼食はヴィンセントと一緒に摂る。

午後はいつも通り図書室で過ごすか、セリーナに時間があれば王族への基本的なマナーについて教えてもらっていた。

少し変わったことと言えば、昼食の後にヴィンセントと一緒にいる時間が増えたことくらいだろうか……。

ヴィンセントは薬が変わってから、前のように強い眠気に襲われることがなくなったので、二人は食後に一緒にお茶を飲んで過ごす日が増えたのだ。

あとは、夕食の席にディーノが加わり、食堂が少し賑やかになった。

彼は隣国のニュクサーバ王国に家を持っているが、様々な国を訪れて薬作りを学んでいるらしい。彼から聞く他国の話はとても興味深いものばかりだった。

肝心のデスパル草については……残念なことに新しい情報は得られなかった。ディーノはデスパル草の存在は知っていたが、実物を見たこともなく効能や調合方法もわからないらしい。

ただ、ディーノの祖父はデスパル草が生えているカリード王国の出身で、若い頃から国中を旅して様々な素材を集めて研究していたそうだ。すでに祖父は亡くなっているが、彼の残した手記に何か情報があるかもしれないので、調べてくれると言っていた。

数日後、ついに王太子セドリックが屋敷に来る日になった。

ジョアンナは早朝から風呂に入り、念入りに全身を磨き上げられて身支度を整えている。

学園を卒業したばかりで社交の経験の少ないジョアンナは、恥ずかしいことにすでに疲れ果てていた。

セリーナに選んでもらったドレスを身につけて、いつもよりしっかりと化粧をすると、侍女たちから「美しい」「よく似合っている」と口々に褒められる。

鏡に映った自分はいつもより少し大人に見えて、ジョアンナはなんだか気恥ずかしかった。

今日の昼食は、準備の合間に食べたサンドイッチ。好物のハムとチーズのサンドイッチなのに、なんだかあまり美味しく感じない。

——ヴィンセント様と食べる時は、いつもあんなに美味しく感じるのに……。

ジョアンナはヴィンセントのことを考え、小さく溜め息を吐いた。

しばらくすると、部屋に迎えがやって来た。セドリックがそろそろ到着するそうだ。

ジョアンナは急いで廊下を歩いているが、エントランスが近づくにつれてどんどん緊張が高まっていく。

エントランスに着くと、ケルヴィンとセリーナが使用人に指示を出しているのが見えた。

「ジョアンナ！　なんて綺麗なの！」

「ああ、とても綺麗だ。よく似合っている！」

二人はジョアンナに気がつくと、目を輝かせて褒めてくれた。

三人で和やかに話していると、遂にセドリックを乗せた馬車が到着したようだ。

すぐに外に出て、出迎えに向かう。ジョアンナはケルヴィンとセリーナの後ろに立ち、セドリックが馬車から降りてくるのを待った。

お忍びの来訪のせいか、紋章の入っていない黒いシンプルな馬車が屋敷の前で止まると、中からセドリックが降りてきた。

ブロンドの髪は太陽の光を受けて輝き、青い瞳がとても美しく、整った顔立ちには気品があふれている。彼はケルヴィンたちを見て軽く微笑み、長い足で颯爽《さっそう》とこちらに向かってくる。

ジョアンナの心臓は、これまでに感じたことがないほどの大きな音を立てていた。膝が緊張で小刻みに震え、立っているのがやっとの状態だ。できることなら、この場から逃げ出してしまいたい……。

セドリックは二人と親しそうに挨拶を交わした後に、ジョアンナに目を向けて人懐っこい笑顔を浮かべた。

ケルヴィンから紹介を受けて、セリーナから教えられた通りに挨拶をする。

ジョアンナは緊張で声が少し震えながらも、なんとか失敗せずに挨拶を終えることができた。

チラリと視界に入ったセリーナもうなずいていたので、及第点の出来であろう。

「ヴィンセントの友人のセドリックだ。ジョアンナ嬢に会えて嬉しく思う。今回は友人の屋敷に遊びに来ているだけなので、そんなに緊張しないで気楽に接して欲しい」

セドリックはジョアンナに気さくに声をかけて、柔らかく微笑んだ。

夕食後、ケルヴィンの案内で応接室に移動し、お茶の準備が整うと人払いがされた。

この部屋に残るのは、セドリックと従者のコンラッド。

ケルヴィンとセリーナ。そしてジョアンナの五人だけだ。

全員が退出してドアが閉まると、セドリックは雰囲気を変えた。片手でタイを軽く緩めて長い足を組み、寛いだ様子でソファーにもたれている。彼の後ろに控えているコンラッドは、そんなセドリックを嫌そうな顔で見て軽く咳払いをした。

しかし、セドリックは知らん顔だ。涼しい顔でクッキーに手を伸ばして口に放り込む。

ジョアンナは目を丸くして、その様子を見ていた。チラリとケルヴィンたちを見てみると、特に驚いている様子もなくお茶を飲んでいる。きっと、いつもこんな感じなのだろう。

——息子みたいなものとは聞いてはいたけど……本当に自分の家みたいに寛いでいるわ。

驚いてセドリックを見つめていたせいで、ふいに彼と目が合ってしまった。

「聞いているかもしれないけど、ヴィンセントとは学園からの友人でね……リネハンにはよく来ているんだ。隣のメホールは私が管理しているからね」

メホールはリネハンの隣にある王家が治める領地だ。一般的な男爵領くらいの大きさしかないが、隣国にも近いので、有事の際には非常に重要な拠点となる場所に位置している。

彼の話では、領地の視察のついでに、ヴィンセントの見舞いも兼ねてリネハンへよく遊びに来ているそうだ。

「ヴィンセントの調子はどうだい？」

「ジョアンナが来てからは食事の量も増えて、楽しそうに過ごしているわ」

「そうか……それは良かった」

本当に心配していたのだろう……セドリックは心からホッとした表情を見せた。

「パオロのことで内密に耳に入れたいことがある。後で二人で話をしよう」

ケルヴィンはピリッとした空気をまとい、声もいつもより低い。

「……ああ、わかった」

ケルヴィンのただならぬ空気を感じて、セドリックは姿勢を軽く正して真剣な顔でうなずいた。

「早速で申し訳ないんだけど、明日の午前中には王都へ向けて出発するので、あまり時間がない。すぐにジョアンナ嬢のスキルについての話を始めてもいいかな？」

ジョアンナは自分に向けられた全員からの視線を受けて、緊張が高まるのを感じながらもなんとか顔に笑顔を浮かべてうなずいた。

セドリックが後ろに軽く目を向けると、控えていたコンラッドがジョアンナに近づいてきた。

彼はテーブルの上のお茶などを移動させて、ジョアンナの目の前にスペースを作る。

これから何が起こるのかと見ていると、コンラッドは胸から包みを取り出した。その包みには複雑な魔法陣が描かれている。どうやらマジックバッグのようだ。

マジックバッグは【空間魔法】のスキルを持った者と、【裁縫】【魔道具】などの物作りに長けたスキルを持つ者の二名で作成する魔道具だ。デザインはまちまちだが、鞄や袋の形をしていて見た目よりも多くの物を収納できる。

作成者の能力によって収納の大きさが変わってくるのだが、中には入れた物の時間がほとんど止まってしまう物もあったりする。そういう性能の良いマジックバッグはとても高価なので、貴族でも一部の家しか持っていない。

コンラッドはマジックバッグに手を入れると、水晶のついた魔道具らしき物を取り出して、ジョアンナの目の前に置く。

「これは主に王宮や国境などで使われている、スキルを調べる魔道具だ。十五歳の時に教会で使った魔道具と似たような物になる。ジョアンナ嬢、君のスキルをもう一度ここで確認させてもらえるかな？」

コンラッドが補足してくれた情報によると、教会でジョアンナも使った魔道具はスキルと名前がわかるだけだが、これは犯罪歴の有無などもわかるらしい。

王宮では入城の際に許可証を持っていない者は、この魔道具を使って危険性がないかを確認しているそうだ。例えば……【爆発】や【毒】、各種攻撃魔法などのスキルを持った人などがこれにあたる。彼らが悪意を持ってスキルを使う場合、武器や道具などがなくても、簡単に人の命を奪えてしまうのだ。

対面していきなり「ドカーン」と爆発されてしまうと、どんなに騎士が優秀でも守りようがない。

　魔道具で確認して危険性のあるスキルだと判断された場合は、スキルを一時的に封じる魔道具を身につけての入城となるそうだ。

　——確か、学園で習った話では……【爆発】などの危険なスキルを授かってしまうと、スキル封じを受けてそのスキルを一生使えないようにする人が多かったはずだわ。スキル封じに似た魔道具もあるのね。

　コンラッドの説明が終わると、すぐにスキルの計測をすることになった。

　やり方は簡単。教会の魔道具と同じで、どちらか片方の手を水晶に乗せればよいだけだ。

　ジョアンナはゴクリと唾を飲み込み、利き手の右手を水晶に伸ばした。

　手が水晶に触れた瞬間、水晶は中から光を放ち、空中に魔法陣が何重にも展開していく。

　ジョアンナはこんなに複雑な動きをする魔道具を見たことがなく、目を丸くしてそれを見ていた。

　最後に大きな魔法陣が出てパッと消えると、水晶の上に半透明な板のようなものが出てきた。

　そこには、ジョアンナの名前やスキルなどが書かれている。

名　前：ジョアンナ・マーランド
年　齢：17
国　籍：エピロギア王国

犯罪歴：なし
スキル：【ログインボーナス】【鑑定】

全員でその板を見つめていると、セドリックが突然笑い出した。

「いやー、手紙で聞いていたけど、本当にスキルが増えているね。ここに来る前に王宮に保管されているジョアンナ嬢の記録も確認したが、十五歳の時に授かったのは、間違いなく【ログインボーナス】だけだった。これはスゴイね……。確か、スキルキャンディとかいう物を手に入れて、スキルが増えたんだよね？」

「殿下、こちらがまとめたものになります」

「ああ……ありがとう。読ませてもらおう」

セドリックはケルヴィンから受け取った紙の束を真剣に読み終わると、穏やかな表情で口を開いた。

「見慣れない言葉が多かったが、だいたいのイメージは掴めたよ。細かいことは後でケルヴィンと確認するとして……。ジョアンナ嬢、【ログインボーナス】の画面をここで出して見せてもらえるかな？」

「はい。私以外には見えも触れもしないようなのですが、ここに、画面があります。大きさは、このくらいで……先ほどの魔道具で出てきた透明な板に少し似たものです」

ジョアンナは画面を出し、いつものように、どんなものなのかを説明していく。

「コンラッド」

「はい。ジョアンナ様、画面に触ってみてもよろしいでしょうか？」

「はい。あの、この辺りに画面があります」

コンラッドは全員が見つめる中、ジョアンナが指さした場所に手を伸ばした。ジョアンナの瞳にはこれまでと同じように、彼の手が画面を通り抜けて動いているのが見える。

「何かに触れているような感触もありませんね」

「なるほど……ジョアンナ嬢の目にはどんな風に見えているのかい？」

「コンラッド様の腕が、画面をすり抜けて動いているように見えます」

話を聞きながら立ち上がったセドリックは、素早くジョアンナの元に移動して画面がある場所へ手を伸ばした。

「セドリック！」

あきれた様子でセドリックを睨《にら》んだコンラッド。そんな彼の視線を受けながらも、セドリックは楽しげな表情で腕を動かし続けている。

「大丈夫だよ。君が先に危険がないことを確認したじゃないか。それよりも、本当になんの感触もないんだな……。次は「ガチャ」を見せてくれるかい？」

セドリックはコンラッドに引きずられるようにして、元の席に戻っていった。

ジョアンナは丁寧に説明しながら「ガチャ」を回した。「ガチャ」で出たカードは聖水だったので、セドリックの指示で「アイテムボックス」から取り出してみせた。

「わっ！　ははは……本当に空中からビンが飛び出てきた。それが聖水かい？　光っていて綺麗だね」

　コンラッドに止められるのを無視して、再びジョアンナの元に移動したセドリックは聖水を受け取ると、しばらく楽しそうに見ていた。

「もう一回、お願いできる？　うーん……次は、初級ポーションがいいかな」

　すっかり、画面から物が飛び出てくることに夢中になったセドリックは、次々に違う物を取り出すようにリクエストする。

「じゃあ、次はデスパル草で」

「あの……デスパル草は三日で効能が消えてしまうと本に書いてあったので、まだ一度も「アイテムボックス」から出したことがないのですが、大丈夫でしょうか？」

「うん、大丈夫。コンラッドの持っているマジックバッグは、時間が経過しないタイプだから」

　これまで一度も「アイテムボックス」から出したことのなかったデスパル草。

　ジョアンナも実物を見るのは初めてだ。

「では、いきます……」

　ジョアンナは少し緊張しながら、黒っぽい色の葉の絵が描かれている……デスパル草の枠を押した。

　葉の部分から勢いよく出てきたデスパル草は、空中で失速してふわりとジョアンナの手のひらの上に落ちた。細い一本の茎に、手のひらほどの大きさの紫色の丸い葉が二枚ついている。

「これがデスパル草か……、変わった香りがするね」

すぐにジョアンナからデスパル草を受け取ったセドリックは、茎を指で持ち観察しながら、苦い顔をした。

彼が茎を指でクルクル回すたびに、部屋にいかにも薬草というような苦い香りが広がる。

――かなり香りが強いわね。

試しに【鑑定】で調べてみたが、デスパル草は本に書かれていた通り、三日しか持たない薬草のようだった。

■デスパル草（品質：良）
カリード王国のモーンズデー山《さん》の山頂付近で採取できる薬草
三日経つと黒く変色し、効能は失われる

こうして「アイテムボックス」から多くの物を取り出したジョアンナは、セリーナと一緒に退席することになった。「アイテムボックス」から取り出した物は、全てセドリックが王宮に持ち帰り、詳しく調べてくれるそうだ。

ジョアンナとセリーナが退室して三人だけになると、セドリックは大きく息を吐き出した。さっきまで浮かべていた王太子らしい柔らかな笑みは消え、顔には疲れの色が見える。

「想像を遥かに超えていたよ……。「10連ガチャ」までは手紙で報告を受けていたが、ここ数日で新しい能力が増えているね。［交換］か……コインを貯めれば望みの物が手に入るなんて、恐ろしいスキルだな」

　ケルヴィンもジョアンナの前では見せたことのない、当主の顔をしている。瞳に鋭い色を宿しながら足を組み、お茶をひと口飲むと冷ややかな笑みを浮かべた。

「渡しませんよ」

「そのつもりはないから安心してくれ。恩人でもあるヴィンセントの婚約者だ。手を出すような真似はしないよ。ただ、いつまで隠しきれるか……。聖水もデスパル草も、恐らく簡単には手に入らない貴重な物だ。売るにしてもいくらの値がつくのか、全く想像もつかない」

　セドリックがジョアンナを望む気が本当にないことを感じたケルヴィンは、少し瞳の圧を下げて顎《あご》を軽くさすりながら答える。

「売って儲《もう》けるつもりもないので、彼女にはなるべく［アイテムボックス］から手に入れた物を取り出さないようにさせています。ただ、保管できる数にも限りがあるようなので、これも一時《いちじ》凌《しの》ぎでしょう」

「それが賢明だね……他国の貴重な薬草が市場《しじょう》に流れれば、どうやっても目立つ。ポーションくらいは売ってもいいが、貴重な物は［アイテムボックス］にしまっておいた方がいいね。第二王子《あっち》の派閥の者が嗅《か》ぎつければ、恐らく騒ぎを起こすだろう……」

　セドリックはうんざりした表情をして、ひと口お茶を飲む。

　第二王子のクリフォードはやや短慮なところは見受けられるが、権力欲が強いわけでもなく、特に問題を起こすタイプの男ではない。

ただ、彼の婚約者のマルサス侯爵家には、少し問題があった。婚約者の父親でもある現当主の権力欲が強く、悪い噂も多いのだ。

最近ではクリフォードを王太子にしようと、侯爵が活発に動いているらしい。彼が情報を得れば、自分の娘を差し置いても、ジョアンナをクリフォードの第一夫人や側妃にしようと動き出すだろう。

セドリックは目の前の男をチラリと見て、心の中で溜め息を吐く。

ケルヴィンは、この美貌で穏やかな物腰のためわかりにくいが、苛烈《かれつ》な性格をしている。

隣国との国境や魔の森に接し、治めるのが難しいリネハンを問題なく治めていて、【剣聖】のスキルまで持っているのだ。その彼が鍛え上げた騎士団もなかなかの強者《つわもの》ぞろいだと聞く。彼が本気になれば周囲の領地どころか、王都さえもあっという間に落とすだろう。

そんなケルヴィンは剣の腕だけではなく、実は政治にも長けている。本人に権力欲があまりないので王家と事を起こすことはないが、家族を守るためなら王家にも牙を剥《む》くに違いない。

隣国をはじめとして他国にも影響力のあるケルヴィン。その彼と敵対することを想像するだけで肝が冷える。

さっきまでの様子を見る限り、ジョアンナを実の娘のように扱っているので、彼女に何かあれば全力で抗《あらが》うだろう……。

セドリックは近い未来に嵐が起こりそうな気配を感じ、頭が痛くなった。

この後、セドリックとケルヴィンの話し合いは続き、ジョアンナのことはセドリックの父である国王にだけ内密に報告することになった。

ただし、スキル研究所への報告はしばらく見合わせるにしろ、スキルは国として厳密に情報を管理しているものなので、王家でも情報を把握しておく必要はある。

そのため、彼女に新しく大きな変化が起これば速やかにセドリックへ報告することが決まり、ジョアンナに関する話は終わった。

「それで、パオロについても話があると言っていたが、何か問題でも？」

セドリックの問いかけに、ケルヴィンのまとう空気が変わり、部屋の温度が一気に下がったように冷たくなる。

ケルヴィンは綺麗な作り笑いを浮かべると、胸から小さな包みを取り出してコンラッドに手渡す。

セドリックは戸惑いながらもコンラッドから包みを受け取ると、中身は紙に包まれた薬のようだ。

「先日、パオロから処方されたヴィンセントの薬です。体力を回復する薬と言われて一年ほど飲んでいましたが、ジョアンナがたまたま【鑑定】したところ、遅効性の毒薬であることがわかりました」

「なっ……それは確かか？」

あまりの内容にセドリックは声を荒げて立ち上がった。信じられないと言わんばかりの表情で、受け取った薬を見つめている。

その様子をじっと見つめているケルヴィンの瞳は相変わらず冷ややかだが、さっきまでよりは少し険の取れた視線になっている。

ケルヴィンは実の所……セドリックにも疑いの目を向けていたのだ。しかし、目の前の二人の反応を見てそれはないと判断する。

それから、ケルヴィンはジョアンナの【鑑定】で得た情報や、現在の主治医から毒による後遺症はほとんどないと言われていることを話した。

「それは良かった……」

セドリックは心から安堵《あんど》した。

ヴィンセントは学園で出会ったので付き合いは短いが大切な存在だ。

王太子であるセドリックには、権力に擦り寄ってくる者が多い。学園では勉強にしろ、実技の授業にしろ、何をするにもだいたい一番を譲られて誉め讃《たた》えられた。

そのことに、言葉にならない歯痒さのようなものを感じていたセドリック。

そんな時に親しくなったのがヴィンセントだ。彼は剣の授業の時に、なんの遠慮もせずに剣を振りセドリックを打ち負かした。そんな彼に興味を持ち話をしてみると、気の良い男で気が合った。

自分に遠慮せずに物を言う者は、思いのほか少ない。学園に入り嫌でもそれを実感した。

同世代の子供たちが親の意向を受けて、接してくるのだ。王宮の中と同じように、当たり障りのない笑顔を浮かべ、言質を取られないように気をつけて話す。

そんな中で得た、数少ない本音を話せる友人がヴィンセントだ。彼は首を縦には振ってくれなかったが、自身の側近にならないかと何度も口説いていた。

諦めきれなかったセドリックは学園を卒業してからも、メホールの視察という理由を作り付き合いを続けた。

あの日も、魔の森で自分をかばって、ヴィンセントは蛇に咬まれた。

美しかった顔には黒いシミのようなものが広がり、それは左半身を覆《おお》っているという。そのせいで、当時の婚約者とはひどい形で婚約を解消することになってしまった。

なんとか治療法はないかと、他国にも手を広げて情報を探しているが……今の所、なんの成果も得られない。セドリックを恨んでも良さそうなものを、愚痴も言わずに「未来の王を守れて良かった」などと言って笑うのだ。

そんなかけがえのない友人に、王宮から紹介した医師が毒を盛っていたという。セドリックは湧き上がる怒りを感じていた。

ヴィンセントは、セドリックたちが部屋を訪れるのをベッドの上で待っていた。

王太子でもあるセドリックと知り合ったのは学園だ。

確か、剣の授業の後に話したのが最初だっただろうか……。

王族には華を持たせるべきなのだが、セドリックが予想外に強かったのでつい熱くなってしまい、気がつけば彼を打ち負かしていた。授業後に「失敗したな」と後悔していたヴィンセントに、セドリックは明るく声をかけてきた。

それから彼やコンラッドと親しくなり、一緒にいる時間が増えていく。

しばらく彼らと過ごしていると、いつもセドリックが浮かべているあの美しい笑顔が、王族として身につけた彼自身を守る方法だったことに気がついた。

欲を隠そうともせず、セドリックに近寄って来る者のなんと多いことか……。

顔を少しでも覚えてもらおうと、必死に擦り寄る者。

甘い声を出して媚びを売る令嬢。

少しでも対応を誤れば面倒なことになることが、近くで見ているだけのヴィンセントにもわかった。

学園では常に王族らしい振る舞いをしているセドリックだったが、信頼した者しか周囲にいない時の彼はどこにでもいる普通の男だった。

年頃の男らしく下品な話をしたり、くだらない話で大笑いしたりもする。意外にも彼は剣が好きで、魔物の討伐に強い興味を示した。

生まれ育ったリネハンは魔の森が近くにあり、ヴィンセントも学園に入る前に魔物の討伐を経験している。そんな話をすると、セドリックは瞳を輝かせて色々と質問してくるので「いつか領地に遊びに来いよ」とつい言ってしまった。

それが叶わないことはわかっていたが、気がつけば口から言葉が出ていたのだ。

学園を卒業してリネハンに戻ると、すぐにセドリックから手紙が届いた。

隣のメホールをセドリックが管理することになったので、視察後にリネハンへ遊びに来るという。彼の意外な行動力に驚いたが、彼と一緒に魔の森に行けることが楽しみでもあった。

両親に届いた手紙を見せると、父は王太子を魔の森に連れていくことに難色を示したが、母が面白がって後押しをしたこともあり、最後は父も同行することを条件に許してくれた。

初めてセドリックが屋敷に来た時。リネハンの精鋭の騎士を集めて、仰々《ぎょうぎょう》しい人数で魔の森へ行った。しかし、セドリックは魔法も使えることに加えて剣の腕も確かで、騎士の出番など全くなかった。

その様子を黙って見ていた父は、次からは魔の森についてこなくなった。

そして、あの事件が起こった。

セドリックが悪いわけでもないし、自領で王太子に怪我を負わせずに済んだことに、ヴィンセントはどこかホッとしている部分もある。しかし、彼は自身を責め続けているようだった。

もちろんヴィンセントも「あの時……していれば」などの思いを抱かなかったわけではない。しかし、この毒をセドリックが受けなくて良かったと心から思ったのだ。彼は有能だし良い王になるだろう。そんな彼を守れたのだ。貴族として、この国に仕える者として、これ以上の誉《ほま》れがあるだろうか……。

今でもセドリックは熱心にヴィンセントの治療法を探していると聞く。忙しいはずなのに、年に二回はリネハンを訪れてくれている。それだけでも十分だ。

それに……こんな身体になったからこそ得たものもある。ジョアンナに出逢えたことだ。

最初はセドリックが手を回したであろう婚約にウンザリしていた。一日のほとんどをベッドの上で過ごしている男が、結婚などしてなんの意味があるのだろうとすら思っていた。

しかし、彼女が屋敷に来てからの日々は驚きの連続で、気がつけば笑ってばかりの毎日だった。あんな素晴らしい女性に出逢えたことは、幸運以外の何ものでもないだろう。

そんな幸運を与えてくれた友に感謝の思いを伝えることを、ヴィンセントは心に決めていた。

ドアを叩く音が聞こえ、ダニーが動き出した。

どうやら、セドリックが来たようだ。ダニーとコンラッドの声がかすかに聞こえてくる。

ヴィンセントは入り口に目を向けて、友の姿が見えるのを待った。


「久しぶり！　調子はどうだい？」

「あんまり変わらないよ。セドリックは少し痩せたんじゃないか？」

それからお互いの近況や他愛のない話を軽くした後に、セドリックが真剣な顔をしてパオロの件を謝ってきた。作った表情を浮かべてはいるが、かなり落ち込んでいるようだ。

ヴィンセントは少し考えて、話を変えることにした。

「解毒薬をしばらく飲めば影響もないそうだ。それよりもジョアンナ嬢のスキルについて聞いたか？　面白いスキルだろう。最近は毎日一緒に「ガチャ」を回すのが楽しみなんだ」

「ああ、さっき見せてもらったよ。本当に何もない空中からいきなり物が出てくるから驚いたよ」

それから、ヴィンセントは彼女が来てからの出来事を面白おかしく話していく。

セドリックやコンラッドも笑いながらそれを聞き、まるで学園に戻ったかのような楽しい時間が流れていった。

ヴィンセントを気遣ってパンをそのまま食べてくれたことを話した時は、セドリックは「笑いすぎた」と言って目に涙を溜めながら笑っていた。

ひとしきり話を終えて、そろそろセドリックが部屋を出るという時。

ヴィンセントは真剣な表情で彼を見つめて口を開いた。

「彼女と出逢えて幸せだよ。本当に良い縁を結んでくれてありがとう。…………もしも、俺に何かあった時は、彼女が幸せになれるように守ってくれないか？　彼女がスキルで誰かに利用されたり、また傷つけられたりしないように。彼女が望む人生を歩いていけるように……頼むよ」

セドリックはグッと目を閉じて、震える声で「わかった」と答えた。

それを聞いたヴィンセントは安心したように微笑んだ。


翌日。セドリックは、予定を繰り上げて朝早くに屋敷を出発することになった。

なんでも、王都で急いでやらなければならないことができたそうだ。

「ジョアンナ嬢、ヴィンセントをよろしく頼むよ」

早起きをして見送りに行ったジョアンナに、セドリックは真剣な表情でそう言った。

後ろに控えているコンラッドも軽く頭を下げている。彼らの表情などから、ヴィンセントを大切に思っている気持ちが伝わってくる。

ジョアンナはまっすぐに彼らの瞳を見つめてうなずいた。

彼らを見送って部屋に戻ったジョアンナは、昼食の時間になるのを楽しみにしていた。たった一日ヴィンセントに会っていないだけなのに、なんだか長い間彼の顔を見ていないような感じがするのはどうしてだろうか。

部屋で本を読んでいるジョアンナだが、ページをめくる手はいつもより進まず、気がつけば時計ばかり見ている。

部屋の隅に控えていたコリンナは、その様子を柔らかい瞳で見ていた。


昼食の時間になりヴィンセントの部屋を訪れると、すでに食事の用意が整っていた。

今朝、あんなに「ヴィンセントをよろしく」と言われたせいだろうか……。ヴィンセントの顔を見た途端、ジョアンナはなんだか気恥ずかしいような落ち着かない気持ちを感じる。

少しだけ頬を赤らめて、ぎこちない様子でいつもの席に着くジョアンナ。ダニーとともに給仕をしていたコリンナは、その様子を見てわずかな笑みを漏らした。

今日のメニューは、サラダ、クリームスープ、ミノタウルスのロースト、パン、フルーツだ。ミノタウルスの肉はセドリックの好物で昨夜もステーキが出ていたが、これも彼のために仕込んでいたものだろう。

薄切りの肉はややレアの絶妙な焼き加減で、やわらかくて美味しい。ソースは少し酸味がありサッパリしている。これは、パンに挟んで食べても美味しそうだ。

どちらからともなく二人は目を合わせると、この肉をパンで挟んで食べることにした。

パンを食べやすい形に切ってもらい、肉とサラダの野菜を挟む。それをパクリと口に入れると、肉の旨味と野菜の食感に少しサッパリしたソースがよく合いとても美味しい。ジョアンナとヴィンセントは、互いに目を合わせて笑顔を浮かべうなずき合う。

ヴィンセントは昨日の夜にこの部屋でセドリックと会ったらしく、その時の話を楽しそうにしている。

どうやら、コンラッドとも学園時代からの友人だったようで、昨夜は三人で楽しい時間を過ごしていたらしい。

「剣の授業の時に、みんなでよく勝負をしたな。負けた人がみんなに食堂で食事を奢《おご》ったりしてね」

懐かしそうに笑いながら、学園に通っていた頃の話をするヴィンセント。ちなみに戦況はヴィンセントのほぼ独り勝ちだったらしく、その表情は誇らしげだ。

ただ、魔法も使用可能な場合、セドリックはヴィンセントに勝つこともあったそうだ。ヴィンセントはセドリックの努力と才能は素晴らしいものだと、しきりに誉めていた。

そんな話をしながら、ふと自身の左手に視線を落とし表情を曇らせたヴィンセント。

彼はすぐに笑顔を浮かべて他の話を始めたので、ジョアンナも気がつかなかった振りをしたが、やはり剣が振れないのは辛いのだろう。ジョアンナはそんなヴィンセントを見て、彼の治療法を少しでも早く見つけたいと、改めて感じた。

「そういえば、セドリックと会うのは初めてだよね？　どうだった？」

「とても緊張しました。事前にお義母さまから王族への挨拶などのマナーを教えていただいたのですが、実際に挨拶する時には緊張で足も声も震えてしまい、あまり上手くできませんでした」

それからジョアンナは、スキルを調べる魔道具の話、緊張しながら【ログインボーナス】の説明をしたことを話した。

初めてデスパル草を見たことを話すと、ヴィンセントも興味があったらしく「セドリックに見せてもらえばよかった」と残念がっていた。

ヴィンセントとこうして二人で他愛のない話をしていると、いつもの日常が戻ってきたのを感じてホッとする。

お茶を飲みながらヴィンセントをチラリと見たジョアンナは、こんな日がずっと続けばいいなと思っていた。


その翌日、ジョアンナの元にまたしても「連続ログイン達成プレゼント」が届く。

連続ログイン　１０２０日達成！
「連続ログイン達成プレゼント」が届きました！
①　ガチャチケット：10枚を手に入れました（有効期限：本日中）

②　コイン：１００枚を手に入れました（有効期限：1年）

どうやらこれは十日ごとに何か届きそうだなと、ジョアンナは思うのだった。
その日の午後、ケルヴィンとセリーナ、そしてヴィンセントの前で［10連ガチャ］を回してみた。
手に入ったのは……
聖水×4
デスパル草×1
初級ポーション×2
初級毒消しポーション×1
ガチャチケット（有効期限：1年間）：2枚×1
妖精の粉×1（SR）
光るカードの「妖精の粉」は、透明なビンの中に銀色の粉が描かれている。
妖精の粉の存在はジョアンナも知っていた。図書室の本の中に書かれたものがあったのだ。
本から得た情報によると……妖精の粉は、鍛冶、魔道具作成、薬作りなどで使う素材で、自然の豊かな森の奥でまれに手に入ると言われている貴重な物だった。

第四章 ヴィンセントに起こった奇跡

リネハンの屋敷の調合室にディーノの姿があった。彼はニュクサーバ王国を中心に活動している薬師なのだが、ケルヴィンの依頼で春まではこの屋敷で過ごすことになっている。

ある日、ケルヴィンの使者が祖父を訪ねてディーノの家にやって来た。祖父はすでに他界していると伝えると、カリード王国の素材に関する知識がある者に心当たりがないかと聞かれる。

ディーノの祖父は、この国から遥か南にあるカリード王国の出身の薬師だった。家族の中で唯一、祖父から薬作りを教わっていたディーノが使者と話してみると、リネハンの屋敷に来て欲しいと言われる。

仕事の内容は詳しくは教えてもらえなかったが、カリードで採れる素材について知りたいそうだ。そのため、ディーノは祖父が残した手記を全て持ってこの屋敷にやって来た。

これまでに貴族からの依頼を何度も受けたことがあるディーノであったが、屋敷に到着してからは驚きの連続だった。

まず、屋敷に着いて早々に、この家の一人息子であるヴィンセントを診ることになった。どうやら遅効性の毒を盛られていたらしく、急ぎでその治療を頼まれたのだ。

診察を始めたディーノは、戸惑いを隠しきれなかった。ベッドに横になっているヴィンセントは、これまで一度も見たこともない症状なのだ。彼の左半身は皮膚が黒く変色していて、その一

部は鱗《うろこ》のようになっている。麻痺もあり、左半身はほとんど動かせないようだ。聞いたこともない症状でどうしようかと思っていたところ、この身体の状態は二年前に蛇に咬まれた毒の影響で、今回の治療とは関係ないと言う。

順を追って説明を受けると、なんともひどい話だった。

この身体の治療のために紹介された医師に、遅効性の毒を盛られていたのだ。

その医師が使った毒の種類が特定されていて、手持ちの素材ですぐに解毒薬を作ることができたこと。後遺症がなさそうなことが、せめてもの救いだった。

ヴィンセントの診察の後、別室にケルヴィンに呼ばれて、ヴィンセントの治療と薬作りをお願いできないかと相談された。どうやら、リネハンでは急ぎで大量の薬が必要になっているらしい。提示された金額が高額だったこともあるが、ディーノはヴィンセントの境遇に同情してこの依頼を引き受けることにした。

その話の後、ケルヴィンから屋敷に呼ばれた本来の理由を聞かされる。それに、ディーノは心底驚いた。

カリードでしか手に入らないはずのデスパル草を、ヴィンセントの婚約者のスキルで手に入れたので、デスパル草について詳しく知りたいというのだ。

ディーノも様々な国に行き、様々な人に出会ったが、そんな変わったスキルは聞いたことがなかった。

どうして、ここから遥か遠くの国の貴重な薬草がスキルで手に入るのか……全く理解できない。

このことは他言無用と言われたが、言えるわけがないだろう。そんな貴重なスキルを持った者など、貴族や国で奪い合いになるに決まっている。厄介ごとに関わるのは御免だし、何より目の前にいるケルヴィンを敵に回すことなど考えたくもない。

　貴族然としたこの美しい男だが、ディーノの暮らす国では「青い悪魔」と呼ばれて恐れられている。剣の腕は恐ろしく強く、知略にも長けるこの男を決して敵に回してはいけないというのは、ディーノの国では常識だ。

　それに貴族の屋敷で見聞きしたことは、絶対に他所《よそ》で話さないように小さな頃から祖父に何度も言われている。

　ケルヴィンは一度家に帰ってもいいと言っていたが、ディーノは家に手紙を送ってそのまま屋敷に滞在することにした。そして、ヴィンセントの治療の傍《かたわ》ら、ケルヴィンから頼まれている薬作りに励んでいた。

　薬作りが終わって時間が空くと、デスパル草の情報を探すために少しずつ祖父の手記を読んでいる。そこには興味深い情報が多く書かれていた。

　カリードは、温暖で年中夏のように暖かい小さな島らしい。動植物などの生態もこの辺りでは見られないものばかりだ。きっと、見たことのない素材が沢山あるだろう。この屋敷での仕事が終わったら行ってみてもいいかもしれない。そんなことをディーノは考えていた。

　ある日、ディーノはヴィンセントの診療の後に、ベッドのそばに置いてある小さなビンが目についた。

　ヴィンセントに尋ねてみると、どうやら彼の婚約者のスキルで手に入った物のようだ。ディーノは、聖水というその綺麗なビンに興味が湧いた。

　ヴィンセントから聖水について詳しく聞くと、心に引っかかるものがある。気になったので「聖水を少し見せてくれないか？」と頼んでみたが、そのビンは大切な物のようで触れさせてもらえなかった。

　ただ、彼女が何本か同じ物を持っているので、「ディーノにも一本分けてもらえないか」と聞いてくれるそうだ。

　その日の夜、ディーノは食堂でケルヴィンたちと食事を楽しんでいた。

　この屋敷の料理人はとても腕が良く、どの料理もとても美味しいものばかりだ。

　リネハン家の人たちは平民の自分にも、一緒に食卓を囲むことを許してくれている。他の貴族の家では屋敷を訪れた最初と最後の日に歓迎や感謝を込めて食事に招かれることもあるが、このような扱いを受けることは珍しい。

　今夜も美味しい食事を摂りながら、四人で様々な話をする。

　彼らはディーノの話もよく聞いてくれたし、彼らがする話も平民の自分でも理解できるものばかりだった。少し難しい話の時には、わかるように丁寧に説明してくれた。

　食後にお茶を飲んでいた時。そういえば……と思い、聖水の話を出してみる。

　すでにヴィンセントから話がいっていたようで、控えていた侍女が聖水をディーノの元に持ってきてくれた。

そのビンをよく見てみると、中に入っている液体がキラキラ輝いている。それを見ていると急に最近読んだ祖父の手記の内容を思い出した。

彼らに断り、急いで部屋に戻り手記を取ってきた。

無作法だが、その場で手記を開き確認していくと、探していたページはすぐに見つかった。

手記には、カリード王国の山奥の村に残る、古い言い伝えが書かれている。

雨上がりに虹の麓《ふもと》へ行くと、光り輝く泉に出会うことがある。その泉は清らかな力を宿し、悪《あ》しきものを消し去る力があるそうだ。泉から汲《く》んだ水は光を帯びていて、輝きが消えるとその力も消えてしまうらしい。

――村に住む娘には恋人がいた。二人は仲睦《なかむつ》まじく、将来を誓い合った仲だった。

――その娘に恋をした別の男が、娘を手に入れようと悪しき者と契約をした。

――ある日、娘は突然目を覚まさなくなった。

――娘の身体は、日増しに消えるように薄くなっていく。

――恋人の男は、村の占い師に言われて、虹の麓の泉を探す旅に出た。

――何日も何日も、男は歩き、大雨が上がった後に小さな虹を見つけた。

――男は必死に走り、その虹の麓で光る泉を見つけると水を汲み、急いで村に戻る。

――そして、占い師に言われた通りに、泉で汲んだ水を娘に飲ませた。

――すると、娘は目を開けて、二人は永遠に結ばれた。

――娘が目を覚ますと、今度は悪しき者と契約した男が目を覚まさなくなった。

――その男の家族も虹を見つける旅に出て、泉から光る水を持ち帰る。

――男に光る水を飲ませようとすると、泉の水は急に光を失ってしまう。

――そして男はそのまま消えて、いなくなってしまった。

少し古い言葉で書かれているが、祖父の手記にはそう書かれていた。


ジョアンナはディーノの持っている聖水を見つめている。

ビンの中の液体はキラキラ輝いていて、さっきディーノが話してくれた「光る水」とどこか似ているように感じた。

あの何に使うものなのかわからなかった聖水に、そんな力があるかもしれないなんて……夢みたいだ。

もしかしたら、聖水を飲めばヴィンセントが治るかもしれない。

そう思うだけで、ジョアンナの瞳は潤み、期待で胸が震える。

ケルヴィンやセリーナも興奮した様子でディーノの元に移動し、彼の持つ手記と聖水を見つめている。

ジョアンナも彼らに交じり手記を見せてもらったが、手記はカリード王国の古語で書かれていて読むことはできなかった。

ケルヴィンの決断は早かった。

すぐに従者を呼び、ヴィンセントの部屋に使いを出す。

ジョアンナの【鑑定】で聖水が毒ではないことがわかっているが、どんな副作用があるか誰にもわからない。

ヴィンセントにこの話をして、飲むかどうかを本人に判断させるそうだ。

運の良いことに、目の前には腕の良い薬師のディーノもいる。

ケルヴィンは彼に頼み、ヴィンセントが聖水を飲むと決断した際には、しばらくそばにいてもらうことになった。

ディーノが診療に必要な道具を用意すると、全員でヴィンセントの部屋へと移動した。

部屋に着くとヴィンセントはベッドに座り、皆の到着を待っていた。

すでに、だいたいの状況は理解しているようだが、改めてディーノから手記に書かれている内容を話してもらう。

「どうする？　ヴィンセント？」

ディーノが説明を終えた後、ケルヴィンはヴィンセントに静かに問いかけた。

「もちろん、少しでも可能性があるのならば試します！」

ヴィンセントの瞳に迷いはなく、即答だった。

ジョアンナは期待も感じていたが、それと同じくらいの不安も感じていた。

「ジョアンナ嬢、聖水を一本もらってもいいかな？」

ジョアンナはうなずくと聖水を取り出した。ビンを開けてヴィンセントに手渡す。緊張のせいかお互いの手が震えている。

彼はジョアンナの瞳を見つめて「大丈夫だよ」と言うようにうなずいて笑い、目を閉じて聖水を一気に飲み干した。

ジョアンナが緊張しながらその様子を見つめていると、彼は目を開けてしばらく自分の身体を確認するように見てから口を開いた。

「特に何も起きないね……聖水も水なのかな？　変わった味もしなかったし、身体にも……特に変わったところはないようだ……」

ヴィンセントはいつもより少しだけ明るい声でそう言うと、眉を下げて困ったように笑った。


その夜、ジョアンナは寝る準備を整えてベッドに横になっても、目が冴えてしまい全く眠れそうになかった。ヴィンセントに何かあれば……と想像するだけで、足元が崩れていくような不安に襲われる。それはジョアンナがこれまでに感じたことのないほどの恐怖だった。彼がいない未来が頭に浮かぶたびに、心が悲鳴をあげる。

そして、ジョアンナは今まで気がつかなかった自分の感情に気がつく。

——私、ヴィンセント様に恋をしているのね……。

いつの間にか、ジョアンナは彼に惹かれていたのだ。

一緒に食事をして笑い合ったこと。

「ガチャ」を回して一喜一憂したこと。

触れた手の温もり。

優しい瞳で笑うヴィンセント。

この数か月、一緒に過ごしたヴィンセントとの思い出がいくつも頭をよぎる。

今日はどんな話をしよう。

今日はどの服を着よう。

これは好きかしら？

最近のジョアンナの心の中には、いつもヴィンセントがいた。

これは、ジョアンナにとっては……初めての経験で、初めての恋だった。

彼への想いを自覚すると、余計に悪いことばかり考えてしまい怖くなる。

どうか明日もヴィンセントと笑い合えますようにと、ただひたすらに祈りながら、ジョアンナは眠れぬ夜を過ごした。

同じ頃、ヴィンセントも眠れない夜を過ごしていた。

夕食を終えてベッドに入る準備をしていると、部屋に父の従者がやってきた。

従者の話では、聖水を飲めばヴィンセントの身体が回復する可能性があるので、これから父たちが部屋にやってくると言うのだ。

ベッドに座り彼らを待ちながら「本当にそんなことがあるのだろうか？」と、信じられない思いでベッドのそばに置いてある聖水を眺めている。

父たちが部屋にやってきて詳しい話を聞くと、確かにディーノの話す「光る水」と聖水に共通点を感じる。父はどのような副作用があるかもわからないから、飲むか飲まないかはヴィンセントに任せると言う。

考えるまでもなく、結論は出ていた。

すぐに「飲む」と答えてジョアンナを見ると、彼女が手をギュッと握りしめたのが見えた。彼女が何かを我慢する時によくやる癖だ。優しい彼女は心配してくれているのだろう。

ヴィンセントはビンを彼女から受け取ると、少しでも安心できるように彼女の瞳を見つめてうなずいた。

彼女の手も震えていたが、自分の手も震えていることに驚いた。

彼女に出逢うまで、ただ一日をベッドの中で過ごして、たまに襲ってくる身体の痛みに耐えるだけの日々だった。死はいつもそばにあり、眠りにつく時に「このまま目覚めなければ」と何度思ったことか………。

どんどん悪くなる身体。治療法は見つかる兆《きざ》しもない。

必死に治療法を探してくれている両親や友には悪いが、ヴィンセントは生きる希望をなくしていた。

そんな時、出逢ったのがジョアンナだ。

彼女がともに昼食を摂ってくれるようになり、それまでただ口に運んでいただけの食事を久しぶりに美味しいと感じるようになった。

少しでも彼女と一緒にいたくて「ガチャ」を一緒に回すようになり、今日は何が出るのかを二人で楽しんだ。

そんな時間を過ごす中で「生きたい」「彼女ともっと一緒に過ごしたい」という欲が生まれてしまった。

奇跡が起こることを願いながら聖水を飲み干せば……何も起こらなくて、心底ガッカリした。

落ち込む自分を悟られたくなくて、努めて明るく振る舞って皆を見送り、静かにベッドに横になっている。

ディーノは少し離れた所で、明かりを点けてさっき見せてくれた手記を読んでいるようだ。

ヴィンセントは小さな溜め息を吐き、静かに目を閉じた。

その夜、ヴィンセントは目を閉じていても、なかなか眠れずにいた。

ようやく眠気が訪れて……うつらうつらと眠りに落ち始めた頃、不思議な夢を見る。

夢の中でヴィンセントはふわふわと、空中に浮かんでいるようだった。

身体は全く動かせず、目は閉じたままで何も見えない。それなのに、全く恐怖感は感じずひたすらに心地よい。その心地よさに身をゆだねていると、瞼《まぶた》の向こうに強い光を感じた。

その光は、どこか温かくて懐かしい感じがした……。

窓の外からは鳥の鳴き声がかすかに聞こえる。

まだうす暗い夜明け頃に、ジョアンナは目を覚ました。

ヴィンセントのことが気になるが、こんなに朝早くから部屋を訪ねるわけにもいかない……。

はやる気持ちを抑えて、寝返りを打ち布団をギュッと抱きしめる。

しばらくすると、侍女たちが部屋に入ってくる足音が聞こえてきた。

ジョアンナがすぐにベッドから出ようとして身を起こすと、コリンナが静かに近づいてくる。

「ジョアンナ様、おはようございます。先ほど、ダニーにヴィンセント様の様子を確認して参りました。詳しくはヴィンセント様から直接皆さまに伝えるそうなので、使いが来るまでに急いで準備を整えましょう」

ジョアンナは、すぐにでも出られるように身支度を大急ぎで整えて朝食を摂った。

ソワソワしながら何度もドアを見て使いが来るのを待っていると、ヴィンセントの支度が整ったという連絡が届いた。

コリンナがヴィンセントの部屋のドアを叩くと、ジョアンナの緊張は高まっていく。

すぐに扉が開き、ダニーが顔をのぞかせた。彼の目は真っ赤に腫《は》れていて、ジョアンナは言いようのない不安に襲われる。

震える足を動かして部屋に入ると、ベッドに上半身を起こして座るヴィンセントが見えた。彼はジョアンナを見て、嬉しそうに微笑んでいる。ベッドの横には彼の両親もいて、二人の顔には涙の跡が見える。

ベッドに近づこうと足を進めると、セリーナがこちらへ駆けてきてジョアンナを強く抱きしめた。彼女の身体は震えていて、涙声で耳元で何度も「ありがとう」と繰り返す。

期待を高めてヴィンセントに目を向けると、彼は少し照れくさそうに笑いながら、今朝の話をしてくれた。

今朝、ヴィンセントは目を覚ますと、身体に感じる痛みがやけに軽いことに気がついた。いつもは目覚めて少し動くと激痛が襲ってくるのに、今朝はそれがやって来ない。身体の感覚もどこか昨日までとは違う感じがして、「もしや……」と、期待がこみ上げてくる。

期待に震える手でそっと布団をめくり自身の左手を見ると、いつもと同じ真っ黒な手が目に入った。

落ち込んだ気持ちを立て直して顔を作ると、ダニーを呼んで身体を起こしてもらうことにした。今朝は、ジョアンナや両親もきっと様子を見に来るだろうから、早めに支度を整えなければならない。皆をガッカリさせてしまう申し訳なさを感じながら、身を起こして着替えようとすると、ディーノがヴィンセントに声をかけてきた。着替える前に身体を診てくれると言う。

いつものように診てもらっていると、彼の動きが止まったことに気がついた。彼は興奮した様子で左腕を見つめている。

ヴィンセントも自身の左腕を覗き込むと、皮膚が鱗のようになっていた部分が、少し減っているように見えるのだ。

見間違いかと思い、もう一度目を凝らして見ると、やはり鱗状の範囲が小さくなっている。信じられない思いとともに、顔が熱くなっていき息が荒くなる。

ヴィンセントは込み上げてくる涙を我慢できずに、顔を押さえて静かに涙を流す。

涙が止まると、もう一度腕を見て夢じゃないことを確認する。人前で泣いてしまった気恥ずかしさから気まずげに周りを見ると、ダニーが顔を真っ赤にして大泣きしているのが見えた。ヴィンセントは思わず笑ってしまい、三人で大笑いした。

それから、ディーノにもう一度ヴィンセントの身体を細かく診てもらうと、やはり鱗のようになっていた部分が黒い皮膚に戻っているそうだ。

皮膚に鱗のようなものが出始めたのは、半年ほど前からだ。少しずつ進行していき、鱗状の部分が広がるにつれて、身体を動かす時に激しい痛みを感じるようになった。

そのことをディーノに改めて伝えると、彼は少し考えてから口を開いた。

「確証はありませんが、この鱗のような部分が原因で身体に痛みが出ていたのではないでしょうか。だから、この部分が少なくなったことによって、痛みも軽減されているのではないかと思います。他に何か気になることはありますか？」

ヴィンセントは、昨夜見たあの不思議な夢のことを話した。

ディーノは納得したように何度かうなずくと、教えてくれた。

薬師や医師などの間ではよく知られた話だが、不思議な夢を見た後に奇跡的な回復をする患者がたまにいるそうだ。

例えば……

助かる見込みのない患者が、不思議な夢を見た翌日からどんどん病状が回復し元気になった。

何年も目を覚まさなかった患者が、不思議な夢を見た翌日に急に目を覚ました。

そんなことが、いくつもあるそうだ。

見る夢は人それぞれで、亡くなった大切な人が出てくる夢、この世のものとは思えない美しい場所にいる夢、とてつもなく美しい人に会った夢など、色々だと言う。

ヴィンセントが見た夢もそれと同じような、良い夢なのではないかという話だ。

ヴィンセントは自分に起こったこの奇跡のような出来事に、心から感謝した。


彼から話を聞き終えると、ジョアンナは涙が止まらなくなってしまう。

この奇跡のような出来事に感謝し、【ログインボーナス】を授けて下さった神に心から感謝した。

ヴィンセントが治るかもしれない。

これから聖水を飲んでいけば、いつかヴィンセントが剣を振るえる日が来るかもしれない。

ジョアンナの胸には希望があふれていた。


皆が落ち着いてから、ヴィンセントはジョアンナに声をかけた。

「ジョアンナ嬢、聖水を何本かもらえるかな?」

ヴィンセントは、ポーションのように聖水も飲む量を増やせば早く治るのではないかと考えたらしい。

彼の説明によると、全身に多くの怪我をした場合などに複数本のポーションを飲むことはよくあるそうだ。

例えば……初級ポーション一本では全ての怪我が治らなかった場合は、初級ポーションを数本飲んで怪我を治したりするらしい。ただ、初級ポーションで治せるのは切り傷や打撲まで。骨折や深い傷などの大怪我の場合は、初級ポーションをどんなに飲んでも効果はなく、中級以上のポーションを飲まなければ治らないそうだ。

ジョアンナは数本の聖水を取り出して、ダニーへ手渡した。

ヴィンセントは明るい笑顔でジョアンナにお礼を言うと、すぐに聖水を一本飲んだ。続けてダニーが二本目の聖水の蓋を開けてヴィンセントに手渡すと……不思議なことに、ヴィンセントが手に持った瞬間、ビンの中の聖水から光が失われてしまう。

皆が困惑した表情で光を失った聖水を見つめている。

ディーノは少し考えてから口を開いた。

「祖父の手記に書かれている通り、光が失われている聖水に効果はないと思います。もしかすると、聖水は一日に一本までしか飲めないのではないでしょうか。もしくは、薬のように時間を空けなくてはならない可能性もありますので、夜にもう一度試してみましょう」

念のため、ジョアンナが【鑑定】で調べてみると……

■水
飲用可能な清潔な水

……光の失われた液体は、聖水から水に変わっていた。

その夜、眠る前にヴィンセントは聖水を飲めるかを試してみたが、二本目の聖水を飲むことはできなかった。朝と同じように蓋の開いた聖水がヴィンセントの手に移った瞬間に、聖水からは光が失われてしまったのだ。

翌朝、ヴィンセントはいつもより少し早くに目覚めると、すぐにダニーを呼び聖水の蓋を開けてもらった。

聖水から光は失われず、キラキラと輝いている。ヴィンセントはホッとしつつも緊張しながらビンを口に近づけていく。聖水の光は失われることがないまま、彼の口へ入っていった。

恐らく、ディーノの言う「一日一本まで」というのが正しいのだろう。

それから、ヴィンセントは毎日寝る前に聖水を飲むようになった。

彼が眠りに落ちる時には、いつも不思議な光に包まれる夢を見る。

そして、翌朝目覚めると少しずつ身体に変化が起こった。

まずは鱗のようになっていた部分が少しずつなくなっていった。鱗状の部分が全て消えると、ヴィンセントを苦しめていた激痛が襲ってくることもなくなった。

続いて、黒くなっていた皮膚が足の先や顔から少しずつ元に戻っていく。ただ、身体のしびれだけは一向に良くならずに残ったままだった。


ヴィンセントが聖水を飲むようになってから、ジョアンナとヴィンセントにはある変化が起きていた。

昼食後に、二人はいつも通りにお茶を飲んでいた。

「今日は［10連ガチャ］の日だっけ？」

「はい。チケットが10枚とコインが１００枚あります」

「そっか……、今日はどっちからにする？」

「今日は［交換］からにしましょうか……」

ジョアンナが慣れた手つきで画面を操作している様子を、隣で楽しげに見つめているヴィンセント。何回も繰り返し見てきたので、画面は見えなくても彼女の手の動きで何をしているのかがわかる。

［交換］が終わると同時に、ジョアンナが顔を上げた。

「今日の［交換］は、初めて聖水を選びました」

「ありがとう」

二人は軽く微笑み合った。

「次は［10連ガチャ］ですね。聖水が多めに出てくれるといいんですけど……」

そんなことを言って画面を操作し始めたジョアンナは、真剣な表情で左側のカードが出てくる場所を見つめている。

カードがめくられて、手に入ったのは……

聖水×4

デスパル草×1

初級ポーション×2

初級毒消しポーション×1

ガチャチケット（有効期限：1年間）：2枚×1

状態異常回復ポーション×1（R）

光っているカードである状態異常回復ポーションには目もくれずに、聖水の話をする二人。

最近の二人はいつもこんな感じである。［ガチャ］で聖水が出るたびに、当たりを引き当てたように大喜びしているのだ。これまでハズレ扱いしていたのに現金なものである。

こうして集めた聖水をヴィンセントは毎日飲み続けて、少しずつ回復していった。

時が流れて、新しい年の初めの朝が来た。

年末に降り積もった雪が残り、窓の外は真っ白な景色が広がっている。

最近は暖炉《だんろ》に火を入れていても、リネハンの冬に慣れていないジョアンナには少し肌寒く感じてしまう。

ジョアンナの暮らすエビロギア王国では、新しい年の最初の食事は家族で食べる風習がある。いつも、朝食はそれぞれ自分の部屋で食べているが、今朝は食堂に集まり全員で食べることになっていた。もちろん、ヴィンセントや屋敷に滞在中のディーノも一緒だ。

ジョアンナは布団の中でモゾモゾと動きながら、いつも通りに【ログインボーナス】の画面を開く。

そして［ログイン］を押すと、こんな画面が出てきた。

新年おめでとうございます！

「お年玉プレゼント」が届きました！

① ガチャチケット：10枚を手に入れました（有効期限：本日中）

② コイン：１００枚を手に入れました（有効期限：本日中）

③ 本日の［ガチャ］は、ＳＳＲのカードが確定で出ます（最初の1回のみ）

新年早々、大変な一日になりそうだと、ジョアンナは溜め息を吐いた。

そして、上着を羽織って少し震えながら机まで歩き、慣れた手つきで画面を書き写した。

ジョアンナが食堂に入ると、ヴィンセントとディーノが席に着いて談笑している。

今日の食堂は新年らしく飾り付けられていて、厳《おごそ》かな雰囲気だ。

――そういえば……この食堂でヴィンセント様と一緒に食事をするのは初めてだわ。

いつもは空席だったヴィンセントの席に彼が座っているのを見て、ジョアンナはなんだか嬉しくなった。

二人に新年の挨拶をして、ヴィンセントの隣の席に着くと、彼はジョアンナを見つめた。

「素敵なドレスだね。髪型も似合っていて、とても美しいよ」

ヴィンセントに今日の装いを褒められて、ジョアンナは嬉しそうに笑う。

今日は新年のお祝いということもあり、朝から侍女たちが妙に張り切っていた。髪は複雑に結い上げられて、化粧もいつもより少しだけ濃い。ドレスも仕立てたばかりの新しいものを選んだ。

ヴィンセントも今日はタイを締めてエレガントな装いをしている。

あまりの素敵さに、ジョアンナの口から言葉がこぼれた。

「……ヴィンセント様も素敵です」

「あ、ありがとう。久しぶりにこんな服を着たよ」

彼は少し頬を染めて照れくさそうに微笑んだ。

その笑顔を見た瞬間、ジョアンナは顔に熱が集まり急に体温が上がる。

「二人は本当に仲がいいね」

笑い声とともに、明るいディーノの声が二人に届く。

ジョアンナとヴィンセントは短く見つめ合い、すぐに視線をさまよわせた。

そんな二人を見て、ディーノは柔らかい笑みを浮かべる。

三人の楽しげな話し声が飛び交う食堂に、ケルヴィンとセリーナが入ってきた。

新年の挨拶を交わしているうちに、食事の準備が整った。

今日はお祝いなので、貴重な食材がふんだんに使われていて手の込んだ料理ばかりが並んでいる。どの皿も盛り付けが華やかで見ているだけでも楽しい。

隣を見ると、ヴィンセントの皿は片手でも食べやすいように、どの料理もひと口サイズにカットされている。彼も器用にカトラリーを使いながら美味しそうに食べていた。

昨年の印象深かった出来事や、今年の目標などを語りながら食事を進めていると、あっという間に最後のデザートになった。

デザートは縁起の良い色とされる赤と白の二色の花を使った、ひと口サイズのケーキだった。ケーキが盛り付けられた皿には小さな花が飾られていて、フルーツのソースや金粉で綺麗に彩られている。あまりにも美しくて食べるのがもったいなく感じるひと皿だ。

ケーキを食べてお茶を飲み終わると、ディーノは皆に挨拶をして退室していった。彼は今日は何もせずにのんびりと一日を過ごす予定だそうだ。

ディーノを見送った四人は使用人に退室してもらい、【ログインボーナス】の話をすることにした。それぞれの手には、ジョアンナが書いて届けた手紙が握られている。

三人ともすでに手紙を読み内容は理解していたので、簡単な説明の後にすぐに「ガチャ」を回すことになった。
今日の［ガチャ］は、最初の一回だけSSRのカードが出るそうだ。
最初は謎だった光るカードに書いてある「R」などの文字だが、これまでに出たカードから、R↓SR↓SSRの順番で価値が上がっていることがわかっている。
これから回す［ガチャ］で出るのは、最も価値の高いSSRのカードだ。どんな物が手に入るのか楽しみだが、少し怖くもある。
ジョアンナはゴクリと唾を飲み込むと［ガチャ］を回した。
そして出たのは……なんと、スキルキャンディだ。
この時点で、部屋はなんとも言えない微妙な空気に包まれた。
そんな微妙な空気の中、ジョアンナは続けて［10連ガチャ］も回してみる。
出たカードはこんな感じだ。
聖水×3
デスパル草×1
初級ポーション×1
初級毒消しポーション×1
ガチャチケット（有効期限：1年間）：2枚×1
中級ポーション×1（R）
上級ポーション×1（SR）

虹色の雫《しずく》×１（ＳＳＲ）

今回は三枚も光るカードが出てきた。

お祝いの日だからだろうか……いつもより光るカードが多く出ている気がする。

ジョアンナから出てきた物を聞いた三人は、上級ポーションが出てきたことにとても興奮していた。

このポーションは、飲むと複雑な骨折や切断された患部も一瞬で元に戻せるのだが、素材の入手が困難なことに加えて、このポーションを作れる者がとても少ないらしい。

そのため、手に入れるのがとても難しいそうだ。

そんなポーションが手に入ってしまった。そしてこの場にいる全員が初めて聞いた「虹色の雫」は、ＳＳＲのカードなので上級ポーションよりも貴重な物だ。

それぞれが思考の海に沈み込んでいる中、ケルヴィンが何かに気がついたかのように顔を上げた。彼はジョアンナを見て軽く微笑むと、静かに口を開く。

「とりあえず、手に入れたスキルキャンディを見てみようか？」

「そうね……私も見てみたいわ！」

ジョアンナは、恐る恐る［アイテムボックス］からスキルキャンディを取り出した。スキルキャンディは前に食べた物と全く同じ見た目の、金色の小さなキャンディだった。

【鑑定】してみると弾かれるような感覚があり、どうやら【鑑定】はできないらしい。

誰よりも興味深そうな様子のセリーナに、ジョアンナはスキルキャンディを渡そうとして手を伸ばした。セリーナが手を広げてそれを受け取ろうとすると、不思議なことに彼女の手をすり抜けてスキルキャンディがテーブルに落ちてしまう。

とっさにジョアンナはそれを押さえてセリーナを見上げると、彼女は目を丸くして驚いている。

「今、母さまの手をすり抜けたように見えたのですが……」

「ああ……私にもそう見えた。セリーナ、何が起こったのだ？」

ヴィンセントとケルヴィンは驚いた様子でセリーナを見つめた。

「私にもわからないわ……。ジョアンナからスキルキャンディを受け取ろうとしたら、なんの感触もなくすり抜けてしまったとしか………」

「………ちょっと、この上に置いてみてくれないかな？」

ケルヴィンが用意した取り皿の上に、ジョアンナはスキルキャンディを置いた。

その皿に手を伸ばしたケルヴィンは、信じられないものを見る目をしている。

彼は指で摘まむような動作をしているのだが、スキルキャンディに触れられず、まるで空気でも掴んでいるかのようにすり抜けてしまうのだ。

その様子を見ていたセリーナとヴィンセントもスキルキャンディに手を伸ばすが、結果は同じだった。金色の小さなキャンディは全員の目にハッキリと映っているのだが、どうやっても触れることができない。

ケルヴィンは顎《あご》に手を当ててしばらく難しい顔をして考え込んだ後に、ジョアンナを見て静かに問いかけた。

「恐らく……このスキルキャンディは君にしか食べられない物なのだと思う。食べてみるかい？」

ジョアンナがこのスキルキャンディを食べれば、きっと三つ目のスキルが手に入るだろう。三つもスキルを持っている人など、現在の王国にいるのだろうか。いたとしても、きっと少ない人数だ。

ジョアンナが三つ目のスキルを手に入れてしまえば、これまで以上に皆に迷惑をかけてしまうかもしれない。それでも……ジョアンナはなぜだかわからないが、このスキルキャンディを見た時にジョアンナが食べなければいけないような気がした。それを話して食べてみたいと思っていることを伝える。

「それなら、食べてしまおう！　これでもリネハン家はそれなりに力のある家だ。大丈夫！　何があっても全力で守ってみせるさ！」

そう言って笑うケルヴィンは、なんだか本当の父よりもずっと父親らしい優しい目をしていた。そんなケルヴィンの顔を見ていると、少し前にセリーナから聞いた話が頭をよぎった。

「私だけジョアンナにお義母さまって呼ばれて、ズルいってうるさいのよ」

「いつか、お義父さまって呼んであげて……」

なんとなく気恥ずかしくて先送りにしていたが、ジョアンナは照れながらも覚悟を決めた。

「ありがとうございます。お義父さま」

「っ…………！」

　ジョアンナは少し赤い顔でケルヴィンにお礼を言うと、照れくささを隠すようにスキルキャンディを手に取り、勢いよく口に放り込んだ。

　そんなジョアンナをケルヴィンは驚いた様子で呆然と見つめている。普段は大抵のことでは表情を変えない彼だが、無防備に口を開けて動きを止めている。

　その隣ではセリーナが笑いながら二人を優しく見ていた。

　そんな両親と顔を赤く染めて視線をさまよわせている可愛い婚約者を見て、ヴィンセントも幸せそうに微笑んだ。

　そうして……ジョアンナが手に入れた三つ目のスキルは【錬金術】だった。


　ジョアンナが【錬金術】のスキルを手に入れてから、数週間が過ぎた。

　彼女は【錬金術】を得た後、ケルヴィンとディーノに頼んで、ディーノから薬の作り方などを教わっている。

　彼女が薬を作る様子をヴィンセントが見たがったので、ヴィンセントの部屋のすぐ近くにジョアンナの調合室が急いで作られた。

　その部屋には最高級の道具、素材、【錬金術】に関する本などが豊富に取りそろえられている。王宮の錬金術師が使う部屋と比べても遜色《そんしょく》のない調合室だ。

実は……この部屋ができた背景には、ジョアンナの知らない事情がある。

ジョアンナに念願の「お義父さま」と呼ばれたことに舞い上がったケルヴィンが、お金に糸目をつけずに物を買い漁ったこと。

ジョアンナとディーノが同じ部屋で長い時間一緒に過ごすことが、なんだか嫌だったヴィンセント。そんな彼の強い要望によって、早急に調合室が作られたのだ。

セリーナをはじめ、使用人たちもそんな彼らを見て少し苦笑いしながら調合室を整えるのを手伝った。


そんな感じで出来上がった調合室にジョアンナは毎日通い、薬やポーションを作る練習を繰り返した。彼女は初めて薬の作り方を本格的に学んだのだが……このコツコツとした作業が楽しくて性《しょう》に合っていた。

ディーノの教え方が上手いことに加えて、ヴィンセントの治療法を探すために薬草や薬に関する本を何冊か読んでいたこともあり、ジョアンナはみるみるうちに腕を上げていった。

そして、ジョアンナの成長が早いのには、もうひとつ理由がある。

彼女は【鑑定】を持っているので、素材の状態や作った薬の状態も自分のスキルで正確に調べられるのだ。やはり目で見てハッキリわかるというのは面白く、昨日は「品質：普通」だった薬が、今日は「品質：良」で作れたと知ればやる気も出るものだろう。

それに【錬金術】のスキルは不思議なもので、どんな風に使えばいいのかが感覚でわかるのだ。

例えば、初めて使う素材でも、手に持っただけでどのくらいの大きさでどんな風に切るべきかがわかるし、鍋で素材を混ぜる時には、適切な温度やかき混ぜる時間が感覚でわかる。

ディーノから沢山のレシピを教えてもらい、作れるものが増えていくことがジョアンナには楽しくて仕方なかった。

ディーノも、このジョアンナへ薬作りを教える時間を楽しんでいた。

ケルヴィンからは、ジョアンナの調合室にある高級な素材も全て自由に使っていいと言われている。

作った薬も全てケルヴィンが買い取ってくれるので、本来はあまり公開しない自前のレシピを惜しげもなく彼女に教えた。

作り方は知っていても……材料が高価で手に入らなくて作れなかったもの、需要がないので作る機会がなかったもの。

ディーノ自身も初めて作ることができた薬がいくつもあり、ジョアンナに教えながら彼自身も薬師としての腕を上げていった。

彼女は熱意があり、何より薬作りを楽しんでいるのが伝わってくる。そんな者とあれこれ言いながら行う薬作りは、とても楽しいものだった。

ジョアンナの持っている【錬金術】とディーノの持っている【調薬】は、同じようにポーションや薬を作ることのできるスキルだが、少しだけ得意分野が異なる。

ポーション系の液体の飲み薬は【錬金術】のスキルの方が得意で、性能も良いものができる傾向にある。

塗り薬や粉薬のような、素材をすり潰して作る薬は【調薬】の方が得意だ。

ただ、どちらのスキルでも練習や経験を積めば、性能の良い薬を作れるようになっていく。スキルにより大きく差が出るのは、薬作りを始めたばかりの頃くらいだろう。

【錬金術】のスキルの者でも、塗り薬を作る方が好きな者は、塗り薬作りの腕を極めていくし、【調薬】のスキルの者でも、ポーション作りが好きな者は、ポーション作りの腕を極めていく。

ディーノは塗り薬や粉薬を作ることが好きでそちらの腕ばかり磨いてきたが、ジョアンナに色々教えているうちにポーション作りにも興味が湧いてきていた。

ヴィンセントはソファーに座って本などを読みながら、薬作りに励む二人の様子を見ていることが多かった。

薬作りの様子を実際に見てみると、意外と体力の必要な作業なことがわかる。素材を細かくすり潰したり、長い時間をかけて鍋をかき回したりするのだ。自分が飲んでいた薬を作る過程を知り、ヴィンセントは薬や素材に興味が湧いた。

元気だった頃は、魔の森で手に入れた薬草や魔物の素材が薬の材料になることは知っていても、それがどんな風に使われるかなんて考えたことがなかった。

この部屋でディーノがジョアンナに素材の説明をする様子を見ていると、「あの魔物の角はこの薬になるのか」など自分とも馴染みの深い物が多く出てくる。それをとても面白く感じた。

ヴィンセントは一人で自室にいる時にも、両親が自分のために取り寄せてくれた多くの本を読んで薬に関する知識を深めていった。両親が集めた本は大量にあり、全て読み終わるのにどれほどの時間がかかるのか想像できない量だ。

両親の愛情を改めて感じて感謝の気持ちを抱くと同時に、ヴィンセントは今の自分に何ができるのかを考えるようになっていった。

聖水を飲んでもしびれは残り身体は思うように動かせないし、健康な時に比べるとできることは減ってしまっている。しかし、あの激痛から解放されたおかげでダニーの手を借りれば動くことはできる。

こうして本を読んだりディーノやジョアンナから沢山の話を聞いていると、自分にもまだできることがあるのではないかという気持ちになってくる。

そんなことを考えるだけで、ヴィンセントには力が湧いてくるのだった。

聖水を飲み続けた結果、ヴィンセントの顔や首にあった黒く変色した皮膚は全て元に戻った。

婚約解消の後から鏡を見ることを避けていたヴィンセントだったが、今日は初めてマスクを外してジョアンナに会うので、久しぶりに鏡を見ている。

鏡に映った自分の顔は記憶の姿よりも大人びていて、不思議な感じがした。

昼食の時間が近づくと、ヴィンセントは早めに席に着いた。彼は落ち着かない様子で何度もドアをチラチラと見つめている。

初めてジョアンナの前でマスクを身につけた日も緊張していたが、今日はそれ以上に緊張している。ヴィンセントはやけに早い自分の鼓動を感じながら、視線の先にあるドアが叩かれるのを待っていた。

ジョアンナがいつもの時間にヴィンセントの部屋に行くと、ダニーが開けてくれたドアの隙間から美味しそうな香りが漂ってきた。

——香草の良い香りがするわ。今日のメニューは何かしら？

ジョアンナはワクワクしながら部屋へと足を踏み入れて……動きを止めた。

目の前にこの世のものとは思えないほど、美しい男性がいる。

窓から差し込む光を受けて、輝く銀色の髪。

マスクが消えて露《あら》わになった、白く美しい肌。

……恐ろしく整った顔立ち。

紫色の瞳はジョアンナを見つけると、柔らかく微笑んだ。

ジョアンナの目の前には、食堂の絵から抜け出てきたかのような美しい姿のヴィンセントが微笑んでいる。ジョアンナの思考は完全に停止し、立ち止まったまま目を丸くしてヴィンセントを見つめている。

そんなジョアンナを見て、ヴィンセントは少し照れくさそうに口を開いた。

「ジョアンナ嬢がくれた聖水のおかげで、黒い部分がだいぶなくなったからマスクはやめたん

だ」

　ヴィンセントの声が耳に届いても、思考は止まったままのジョアンナ。

　そんな彼女を見て、少し不安気な顔でヴィンセントが口を開く。

「……ジョアンナ嬢？」

「あっ！　すみません。ちょっと驚いてしまって……」

　ジョアンナは落ち着かない様子でヴィンセントに近づき、いつも通りに彼の右隣に座った。

「今日は子羊の香草焼きらしいよ」

　そう言って、嬉しそうに微笑むヴィンセント。

　ジョアンナはヴィンセントと話しながらも、なんとも言えない落ち着かなさを感じていた。

　いつもと同じ席、いつもと同じ距離のはずなのに……今日はやけにヴィンセントとの距離が近い気がする。

「あの……」「この……」

「……えっと、このソース、美味しいね」

「はい。甘くて美味しいですね……」

　この日の二人はやけに落ち着かない様子で、無言の時間が多かった。たまに口を開けばタイミングが重なり、いつものように会話が続かない。

　彼と目が合うたびにジョアンナの顔には熱が集まり、心臓がトクンと大きな音を立てる。

　そんな彼女の隣で、何食わぬ顔をして微笑んでいるヴィンセント。

彼もまた、ジョアンナと目が合うたびに大きく弾む鼓動を感じていた。

そんな風にどこかぎこちない様子で食べている二人を見て、給仕をしているダニーとコリンナは顔を見合わせて嬉しそうに微笑んだ。

その後もヴィンセントは聖水を欠かさず飲み続け、順調に回復していく。

そんな中、気になることがひとつ出てきた……。

ヴィンセントの皮膚から黒い部分が減っていくと、蛇に咬まれた腕の辺りを中心に赤黒い文字のような模様が出てきたのだ。その文字は、他国の言語に触れる機会の多いケルヴィンやディーノにも見たことのないものだった。

ディーノの見立てでは、この文字は今までもずっとあったが、皮膚が黒く変色していたのでこれまでは見えなかったのではないかという話だ。

そして、これは呪いの類《たぐ》いのものである可能性が高いそうだが、残念ながらディーノにも呪いに関する知識がないため、これ以上のことはわからないらしい。

それを聞いたケルヴィンは、信用できる伝手《つて》を使って呪いに詳しい者を探している。王太子のセドリックにも手紙で知らせて協力を頼んだ。

呪いとは自然発生することはほぼないので、十中八九、人間が関わっている。

【呪術《じゅじゅつ》】【占術《せんじゅつ》】【闇魔法】などのスキルを持った者なら、呪いをかけることができる。しかし、呪いの発動には深い知識と多くの貴重な素材が必要で、個人で簡単に発動できるものではない。

この国では呪いは禁術として使用は固く禁止されているので、呪いに関する情報を手に入れること自体が難しい。

この国で呪いに関する知識を持っているのは、王宮から許可を得て呪いについて研究している数名の者だけだ。その研究の情報は徹底的に管理されている。

研究者から情報を得るために動いていると、セドリックからの手紙には書かれていた。しかし、王族であるセドリックの要請でも、研究者との面会や資料の閲覧には手続きが必要で時間がかかるらしい。

そんな背景もあり、呪いに関する情報を集めることは難航していた。本などで情報を得ようと思っても、この国では呪いに関する本は禁書扱いなので入手が難しい。

他国から本や情報を取り寄せようと思っても、隣国との国境付近はこの時期は深い雪に覆《おお》われており、関所も封鎖状態だ。領主権限で国境を越えることもできるが、隣国もこの時期は雪で移動が困難なので、どのみち雪解けまでは動けそうもない。

そうしている間に、ヴィンセントにはある変化が起こった。

ある夜、ヴィンセントは寝る支度を整えてベッドに入り、聖水を飲もうとしていた。いつも通りにダニーから聖水を受け取ると、なんと聖水から光が失われてしまったのだ。

ヴィンセントはそのことに驚きもあったが、「やっぱりな」という気持ちの方が強かった。

聖水を飲み始めてから、眠りに落ちる時に必ず見ていた不思議な夢がある。その夢の中でヴィンセントは空中を漂いながら、温かくて懐かしい光に包まれるのを感じていた。

最初は瞼越しにもまぶしく感じていたその光は、鱗のような部分が消えた頃から日を追うごとに弱くなっていく。最近では、ほとんど感じられないほどまで、光は弱まっていた。

そして今朝、ヴィンセントの腕にわずかに残っていた黒い部分は完全になくなった。ディーノからそのことを聞いた時から、これ以上聖水を飲み続けても何も起こらないのではないかという、予感のようなものがあったのだ。

久しぶりに、聖水を飲まずに眠りについたヴィンセント。

その夜、彼が見た夢は……ジョアンナと二人で笑いながら庭を歩いている夢だった。

ジョアンナはヴィンセントの部屋へ向かっていた。今日はケルヴィンからの誘いで四人で昼食を摂ることになっているのだ。

ジョアンナがヴィンセントの部屋に入ると、すでに三人が席に着いて楽しそうに話している。

セリーナがジョアンナに気がつき笑顔を向けた。セリーナの視線に気がついた二人も、ジョアンナに目を移して微笑む。

ジョアンナも自然と笑顔になり、少し早足で移動していつもの席に着いた。

最近、ヴィンセントは魔物の素材に興味があるらしく、本を何冊も読んでいるらしい。

魔物の討伐経験のある三人は、魔物についての話で大盛り上がりだ。美味しそうに料理に手を伸ばしながら、様々な話をしている。

中でもセリーナが一番楽しそうで、彼女は雪が溶けたら魔の森に行くのだと張り切っている。

その隣では、ケルヴィンが苦い顔で困ったように笑いながらセリーナを見つめていた。

魔の森の浅い部分は、地元の人も薬草採取などで立ち入ることがあるそうだ。まれに小さな魔物が出ることはあるが、大人であればそんなに危険ではないらしい。

そんな話を興味深く聞いていたジョアンナだったが、ふいにセリーナと目が合った。

「春になったら、私がジョアンナを魔の森に連れていくわ。薬草や不思議な植物も生えているし、魔の森を少し歩くだけでも結構楽しいわよ」

セリーナは瞳を輝かせてジョアンナを見つめている。ケルヴィンが慌てた様子で彼女を止めているが、彼女の勢いはとどまる所を知らない。

そんな二人を見ながら、ジョアンナとヴィンセントは目を合わせて小さく笑った。

結局、騎士も連れていくことを条件にジョアンナはセリーナと魔の森に行くことになった。

満面の笑みを浮かべて瞳を輝かせているセリーナ。その隣では、ケルヴィンが疲れたように笑って小さく息を吐いた。

そんな彼には申し訳ないが、ジョアンナは魔の森に行くことを楽しみにしていた。よく話題に上《のぼ》る魔の森には、以前から興味があったのだ。

魔の森に行く話に夢中になり瞳を輝かせているジョアンナ。その隣に座るヴィンセントは微笑んで彼女を見つめながら、人知れず悔しさを感じていた。

――昔みたいに歩くことができたなら、自分が彼女を魔の森へ案内できたのに……。

肌が元に戻り痛みから解放されても、身体のしびれが残ったままのヴィンセントには叶いもしない話だ。それでも魔の森へ行った時のジョアンナの喜ぶ顔が目に浮かび、そこに自分がいられない現実にやりきれない思いを感じていた。

食後のお茶が出されたところで人払いがされて、部屋には四人だけになった。ケルヴィンはお茶をひと口飲むと、真剣な表情で話し始める。その内容はジョアンナが想像もしていないものだった。

最初にケルヴィンが話したのは、ヴィンセントに毒を盛っていた医師のパオロについて。

彼は王宮からの紹介でこの屋敷に来ていた。

王都に戻った王太子のセドリックが調べてみると、パオロを推薦したのは第二王子のクリフォードだったことがわかった。セドリックがクリフォードに話を聞くと、パオロとは婚約者のマルサス侯爵家の紹介で知り合ったそうだ。

何人かの候補の中から最終的にパオロが選ばれたのには、いくつかの理由があった。

彼が優秀な医師だったこと。

彼の経歴や人柄に問題がなかったこと。

彼の住む領地がリネハンと近かったこと。

クリフォードの強い推薦があったこと……などだ。

ただ、ケルヴィンが独自のルートで詳しく調べていくと、パオロには多額の借金があることがわかった。

どうやら彼は、娼館で知り合った女性に夢中になり貢《みつ》いでいたらしい。そのせいで借金が膨れ上がり、金に困っていた。

その借金は半分程度まで返済されているようだが、金の動きに不審な点があったので調べていくと、彼はマルサス家から秘密裏に援助を受けていたことがわかった。

このあたりまで情報を掴んだところで、パオロは馬車の事故に遭《あ》い亡くなってしまったそうだ。

ケルヴィンの予想では、クリフォードかマルサス侯爵が手を回して彼を処分したのではないかという話だった。

クリフォードは、元々は王位に興味を示していなかった。

しかし、婚約者の影響を受けてか、最近はクリフォードを推す人たちと積極的に関わっている。今の彼ならば、セドリックと親交の深いリネハン家のヴィンセントを狙ったのもうなずけるのだそうだ。

ジョアンナは、貴族の世界が汚い世界であることはもちろん知っていたが、これには顔を青くした。学園から出たばかりで世間に揉まれていない彼女には、人の命がこうも軽く扱われるということが怖くて仕方なかったのだ。

そして、もうひとつ衝撃的なことが告げられる。

ヴィンセントが魔の森で蛇に咬まれた時に同行していた騎士が、リネハンから戻ってすぐに事故で亡くなっていたのだ。

その事故に不審な点がなかったことで、当時は詳しく調べられなかった。

しかし、ヴィンセントが呪いを受けていたことがわかり、関係者が調べられる中で、彼についても調べ直されて新たな事実が判明する。

その騎士は、ある男爵家の当主が平民の女に生ませた子供だった。

彼は平民として母と二人で仲良く暮らしていたが、十五歳の時に【剣術】のスキルを授かり、男爵に引き取られることになった。

数年後、騎士の実の母は病に侵《おか》される。彼女が生きるには高価な薬を飲み続けなければならず、彼はその薬代を工面するのに苦労していた。

調べていくと、この騎士もマルサス家から密かに援助を受けていた可能性があるそうだ。そして彼の母親も、彼が亡くなったのと同じ時期に強盗に遭い命を落としていたことがわかった。

貴族の内情に詳しくないジョアンナでも、この二つの話を聞いただけでマルサス侯爵が怪しいと感じた。

しかし、ケルヴィンの話では証拠がどうしても見つからないそうだ。マルサス侯爵は相当のやり手で、これまでも悪い噂はあるものの、彼を追及できる証拠が出てきたことがないらしい。

王家としても、そんなマルサス家の娘と王子を婚約させたくなかったのだが、クリフォードが強く彼女との婚約を望んだことや、派閥の調整のためにやむなくこの婚約が認められた。

ただし、今後の争いを避けるために、クリフォードは結婚後に降家して王位継承権を手放すということが条件だったらしい。

残念ながら、今回もマルサス侯爵を追及できるほどの証拠は得られなかった。しかし、ケルヴインの勘ではこの全てに彼が関与しているのは間違いないそうだ。

それに、ヴィンセントが咬まれた黒い蛇も、元々はセドリックを襲おうとしていた。

もし、ヴィンセントではなくセドリックが咬まれていたら……今頃はクリフォードが王太子になっていただろう。

それを聞いたジョアンナは、この屋敷で話したセドリックの顔が頭に浮かび、背筋が凍る思いがした。

第五章　誕生日の贈り物

ある日の午後、ヴィンセントは応接室で商人と向き合っていた。

ジョアンナの誕生日の贈り物を選ぶためだ。

母が気に入っている宝石店からやってきた目の前の男性は、テーブルの上に美しい宝石の付いたアクセサリーを並べている。紫色の宝石や銀色に近い真珠など、ヴィンセントの瞳や髪を意識した色が多いのは、婚約者への贈り物だと聞いているからだろう。

商人の熱心な話を聞きながら目の前のアクセサリーを眺めていたヴィンセントは、ひとつの首飾りに目を留めた。

彼の瞳には、自身の瞳と同じ色の宝石が映っている。

「こちらは同じデザインの耳飾りもございますよ」

目の前に置かれた、首飾りと耳飾り。これを身につけたジョアンナを想像して、柔らかい表情を浮かべたヴィンセント。彼はふと彼女に初めて会った日からの日々を思い返した。

ジョアンナに初めて会った日は、雲ひとつないよく晴れた日だった。

彼女が部屋にやってくるという知らせを受けて、黒くなってしまっている皮膚を慌てて包帯で隠したことを覚えている。ダニーはヴィンセントに包帯を巻きながらもの言いたげな表情をしていたが、それには気づかない振りをした。

ヴィンセントは、あの時のように自分の姿を見て怯えられるのが怖かったのだ……。


ヴィンセントには、子供の頃に婚約したプリシラという婚約者がいた。

社交やお洒落をすることが大好きで、いつも明るく笑っていたプリシラ。

父同士が友人で子供の頃から知っていたので、彼女とは付き合いも長く家族のような気楽な関係だった。

魔の森での事件の後、身体は思うように動かなくなり、顔にまで広がっていった黒いシミ。

ヴィンセント自身、先の見えない恐怖で気が狂いそうになり、彼女のことを考える余裕は全くなかった。屋敷から出なくなり、治療以外で人と会うのを避けるようになってしばらく経った頃、父に婚約をどうするか問いかけられる。

ヴィンセントはこの姿で彼女に会う勇気もなく、彼女を気遣うだけの余裕が全くなかった。

だから、不誠実なのはわかっていたが、彼女とは会わずに親同士で婚約解消に向けて話を進めてもらうことにした。


あの日は、ベッドの上で服を脱ぎダニーに身体を拭いてもらっていた。

急にドアが開く音が聞こえて目を向けると、プリシラが悲鳴をあげて真っ青な顔で立ち尽くしている。そのまま気を失ってしまった彼女が倒れる様子が、やけにゆっくりと見えた。

悲鳴を聞いて駆け付けた使用人や両親が大騒ぎしている。それを瞳に映しながら、ヴィンセントは一人だけ別の世界にでもいるかのような、なんの音もしない静寂の中にいた。

そこからの記憶はほとんどない。

ただ、まるで化け物でも見たような彼女の怯えきった顔が、脳裏から離れなかった。

何度も、何度も……黒い皮膚が全て隠れているかを確認しながら待っていると、ドアを叩く音がした。緊張と恐怖が合わさった感情を押し殺し、ヴィンセントは笑みを浮かべた。

母に連れられて部屋に入って来たジョアンナは、柔らかそうなピンクブロンドの髪に、赤い瞳が印象的な可愛らしい女性だった。

丁寧に挨拶をする様子を見て「よく教育された女性だな」というのが彼女の第一印象だ。

彼女は包帯だらけで醜《みにく》いヴィンセントを見ても、全く顔色を変えなかった。それだけでなく、緊張した様子を見せながらも、きちんとヴィンセントの瞳を見て話をしてくれる。

これにヴィンセントは驚く。

使用人、医師、専門家、その従者など……これまでにヴィンセントを見た者は、大抵、憐《あわ》れみや嫌悪の表情を浮かべる。女性の場合は特にその傾向が強く、顔を歪《ゆが》めたり怯えてヴィンセントを視界に入れないようにする者がほとんどだ。

それなのに、彼女は包帯だらけの醜いヴィンセントを見ても、普通に話してくれたのだ。

なんていい子なんだろうと思った。

こんな子が婚約者だったなら……、そんな思いが一瞬頭をよぎってしまった。

だからだろうか。ヴィンセントは、なかなか彼女へ婚約解消の話を切り出せずにいた。

実はヴィンセントはジョアンナが屋敷にやって来る前に、彼女について調べた資料に目を通していた。そのため、彼女が少し前に婚約を解消したことも、その理由も知っていた。

ヴィンセントとの婚約は、最初は婚約者のいなかった彼女の妹の方に打診がいっていた。それがどういうわけかジョアンナに回されたらしい。

資料を読み終わったヴィンセントは、マーランド家の人間に怒りを覚えた。

不誠実に婚約を解消しただけではなく、婚約を解消したばかりで傷ついている女性に、自分のような身体の不自由な男との婚約を結ばせたのだ。普通の人間の感覚ではできないことだ。

ヴィンセントはジョアンナに会う前から、彼女が望むならリネハン家で責任を持って良い人を紹介しようと決めていた。

覚悟を決めて婚約解消の話をすると、彼女はこの婚約の継続を望んでいるという。

その言葉に驚きつつも、喜びのような感情が心に湧き上がる。

自分なんかと結婚してしまえば、彼女を不幸にしてしまうことなどわかりきっている。

すぐにでも断らなくてはいけない。

そう思いながらも、なかなか言葉が出てこない。そうしていると、彼女が自分の手をそっと握ってくれた。医師ですら触れることを躊躇《ちゅうちょ》する者がいるというのに、だ。

ヴィンセントは彼女の手から伝わってくる優しい温もりに、涙がこぼれそうだった。

母の計らいで二人で昼食を摂ることになり、音を立てないように最大限に気をつけてフォークを動かしていると、いつもとそう変わらないメニューなのに、やけに美味しく感じた。

その日、誰かとこうして話しながら食べる食事は美味しいのだということを、ヴィンセントは知った。

母がいなくなっても、態度を変えることのないジョアンナ。

初めて食べる食材に恐る恐る手を伸ばす彼女の姿に、思わず笑みがこぼれる。

こんな風に彼女と笑い合っていると、自分がまるで普通の人間かのように思えた。しかし、動かない左手とふいに襲ってくる痛みに、自分が化け物だということを思い出す。

その現実にうんざりした。

ふと、彼女がヴィンセントの前に置かれたパンに視線を向けていることに気がつく。

いつからかカットしてもらうのが面倒になり、そのまま食べるようになっていたパンだが、さすがに初対面の女性の前でそんなこともできないので放置していたのがよくなかったようだ。

ディーノを呼びパンをカットしてもらおうとすると……しばらく動きを止めていた彼女が大きな声で自分を呼び、パンを手に取った。

何をするのかと見ていると、彼女は勢いよくパンにかじりついた。思いっきりパンを口に含んだせいで、頬を膨らませながらリスのようにパンを食べている。

驚いて動きを止めるヴィンセントに「この部屋ではこうしましょう」と言って彼女は笑った。

あの時のジョアンナの可愛らしい姿は、今でも胸に焼きついている。

この瞬間、ヴィンセントはきっと……恋に落ちていた。

毎日、彼女と一緒に昼食を摂るようになり、ヴィンセントは決まった時間に目を覚ますようになった。医師などが来る日以外はなんの予定もなかったこれまでとは違い、彼女が部屋にやってくるまでに身支度を整える。

そんな毎日を過ごしている中で、ヴィンセントはマスクを作ることを思いついた。

魔の森に接しているリネハンは騎士や冒険者が多いこともあり、魔物から顔に消えない傷を負う人も少なくない。そんな彼らは、革や布などで顔の一部を覆《おお》う眼帯やマスクを身につけたりするのだ。

屋敷に呼んだ職人は、元冒険者の男だった。彼は魔物との戦闘で右目を失ったらしく、眼帯を身につけている。右目を失った後、冒険者を引退した彼は実家の防具店で働き始めた。そして、自らの経験をもとに、冒険者用に眼帯やマスクを作るようになったそうだ。

いくつかの見本や素材を見ながら話し合い、納得のいくデザインが仕上がった。

それからしばらくして完成したマスクを身につけたヴィンセントは、その素晴らしい仕上がりに自然と笑みが浮かぶ。

マスクをつけての初めての昼食。ヴィンセントは少し早めに席に着いたせいか、ジョアンナを待っている時間がいつもよりもやけに長く感じた。

いつも通りの時間に部屋に来たジョアンナは、マスクを見るなり目を丸くした。ヴィンセントは顔には出さなかったがなんだか心が弾み、その日はついつい口数が増えてしまった。

包帯からマスクにしたことで服も作りたくなったヴィンセントは、久しぶりに職人を呼んで新しい服を仕立てた。

職人と服のデザインを決める最中もジョアンナの顔が浮かび、自分が浮かれているのがわかる。

もともと服に興味もこだわりもなかったヴィンセントは、そんな自分の変化に驚いた。

気がつけば、何よりも楽しみになっていた彼女と過ごす時間。

隣で笑う彼女を見るたびに、ヴィンセントの心は温かい何かで満たされていくようだった。

そんな中、突然起こった【ログインボーナス】の変化。

それからは、怒涛の日々だった。

彼女のスキルに変化が起こるたびに、家族で集まって報告や相談をする。

毎回、頭の痛くなるような内容ばかりだったが、いつの間にか両親の表情もなんだか昔のように明るくなった。

母はジョアンナを実の娘のように可愛がり、よく笑うようになった。父は少し遠慮がちに距離を取ってはいたが、素直な彼女を可愛く思っていたのは傍《はた》から見ていてもすぐにわかった。

彼女が来てから屋敷の雰囲気はどんどん変わっていき、あの事故から屋敷にあった暗い空気がすっかり消えてしまった。

ジョアンナは、きっと神様がヴィンセントに出逢わせてくれた天使なのだと思う。

呪いのせいで身体は自由に動かせないままだが、あの激しい痛みから解放されたせいか、最近は将来のことも考えられるようになってきた。

彼女はきっと薬を作る作業がとても好きだ。

もう剣を握ることはできないかもしれないが、彼女が好きな薬作りを手伝いながら二人でのんびり暮らすのも悪くない。

運の良いことに、ここはリネハンだ。魔の森も近く、薬に使う素材も豊富に手に入る。

リネハン家は……父の妹の子供か、親戚から養子を取って継いでもらってもいいだろう。

こんな身体なので子供は望めないが、彼女となら二人だけでもきっと楽しく暮らしていけるのではないか……。

ヴィンセントはやっと手にしたこの幸せな日々が長く続くことを、願わずにはいられなかった。


その日、ジョアンナはいつもより早い時間に目覚めた。

昨夜は寝つきが悪くあまり寝ていないのにもかかわらず、その表情は明るい。

今日はジョアンナの誕生日なので、皆が夜にお祝いの席を設《もう》けてくれるらしい。

いつもは自室で夕食を摂っているヴィンセントも、今夜は参加してくれるようだ。

ジョアンナは部屋に飾られたドレスに目を移し、幸せそうな笑みを浮かべた。

このドレスは、昨日の昼食を終えて部屋に戻ると、彼からお祝いとして届いたものだ。侍女たちの見守る中、箱から取り出すとあまりの美しさに感嘆の息が漏れた。

ドレスは銀色を基調としていて、濃い紫色の刺繍や宝石がちりばめられている。

侍女たちがはしゃぐ中、ジョアンナはドレスを見つめ、初めて彼の色をまとうことに胸を高鳴らせていた。

ジョアンナは今夜のことを考えて、少し浮かれた表情で日課のログイン画面を開き……驚きに動きを止めた。

誕生日おめでとうございます！

「誕生日プレゼント」が届きました！

① ガチャチケット：10枚を手に入れました（有効期限：本日中）

② 本日の［10連ガチャ］は、全てR以上のカードが出ます

ジョアンナは「またか」という思いに溜め息を吐き、机に向かって歩いていった。

三人に届けてもらう手紙を書き終わると、ジョアンナは画面の文字を見ながら考え始める。

②の「全てR以上」というのは、なんだかとんでもない物が出てきそうで怖い。

これから誕生日のたびに、こんな感じなのだろうか……。

ジョアンナは自分の誕生日が来ることが、少し怖いなと思うのだった。

「ジョアンナ嬢、誕生日おめでとう！」

昼食の時間になりヴィンセントの部屋に行くと、花束を持ったヴィンセントからお祝いの言葉が贈られる。花束はジョアンナの好きな白をベースに、ピンクなどの柔らかい色合いでまとめら

れていて可愛い。香りも良く、ジョアンナは自然と笑顔になってしまう。

　昼食後にお茶を飲んでいると、ヴィンセントから綺麗に包装された箱を手渡された。

　箱を開けてみると……紫色の宝石の付いた首飾りと耳飾りだ。

　今日のドレスと合いそうなデザインになっている。

「俺からの誕生日プレゼントだ。もしよければ、今日の夜に着けてもらえると嬉しい」

　驚いてヴィンセントを見ると、彼は頬を赤く染めながらそう言って微笑んだ。

　ジョアンナもなんだか恥ずかしくなり、首を縦に振るので精一杯だった。

　部屋に戻ると、張り切った様子の侍女たちが待機していた。服を剥ぎ取るように脱がされて、浴室で全身を洗われ念入りに磨かれる。

　それから、ジョアンナは丁寧に身支度を整えてもらった。侍女たちは一切の妥協を許さず、髪に着ける飾りなども細かく調整される。

　熱くなった侍女たちが飾りの位置で揉めて、どちらがいいか聞かれることもあったが、ジョアンナにはどんなに目を凝らしても、彼女たちが主張する違いが全くわからなかった。

　結局、ジョアンナは静かに微笑んで彼女たちにお任せすることにした。

　そうして時間ギリギリに支度が終わり、納得顔の侍女たちに連れられて鏡の前に行くと、別人みたいにキラキラしているジョアンナの姿が映った。

　肌には上品な艶があり、髪には所々に紫や透明な宝石が付いている。動くたびに光が揺れてとっても綺麗だ。

化粧も派手ではないが、いつもより少し濃いのだろうか……目がパッチリと大きく見える。

素晴らしい仕上がりにジョアンナは自然と笑顔になり、頑張ってくれた侍女たちに心からの感謝を伝えた。

食堂が近づくにつれて、ジョアンナの緊張は高まっていった。

ヴィンセントは、今日のジョアンナを気に入ってくれるだろうか？

さっきまで鏡を見てあんなに嬉しかったのに、不安になってくる。

コリンナが開けてくれたドアから中に入ると、すでに全員そろっていた。沢山の使用人も集まってくれていて、ジョアンナは温かい拍手で出迎えられた。

ヴィンセントは、ジョアンナの髪に似た色合いのピンク色のタイを赤い宝石の付いたブローチで留めている。自分の色をまとっている彼を見て、ジョアンナの鼓動は急に大きくなった。

コリンナに手を引かれてヴィンセントの元へ行くと、彼がジッと自分を見つめている。

ジョアンナは緊張と不安で動けずにいた。

「ゴホンッ！」

ケルヴィンの咳払いの音にハッとしたヴィンセントが、少し身を正した。

「すまない……あまりにも美しかったので、つい見とれてしまった。ドレスやアクセサリーも身につけてくれて嬉しいよ。その……とても似合っていて綺麗だ」

そう言ったヴィンセントは耳まで赤くなっていて、ジョアンナも嬉しい思いがあふれるのと同時に、顔に熱が集まっていくのを感じた。

「誕生日おめでとう」

そんな祝いの言葉と一緒にもらったプレゼント。

ケルヴィンは、ジョアンナが欲しがっていた薬作りの道具。

セリーナは、ジョアンナの瞳の色と同じ赤い宝石の付いた髪飾り。

ディーノは、お手製のハンドクリーム。

贈られた物はどれも心のこもった素敵な物ばかりで、ジョアンナは笑顔でひとつひとつを大切に受け取った。

食堂やテーブルは沢山の花で彩られていてとても綺麗で、料理も手の込んだものばかりが並んでいる。

初めて食べるブラックオークという魔物の肉を使った料理がいくつかあったが、これが蕩《とろ》けるほど美味しい。肉質はやわらかく、噛むとジュワッと甘い肉汁があふれて気がつくと口の中からなくなっているのだ。こんな美味しい肉は初めて食べた。

美味しい料理を食べながら、大切な人たちと一緒に過ごす誕生日。

こんなに素敵な誕生日を過ごすのは母が生きていた時ぶりで……ジョアンナは涙が出そうなほど幸せだった。

ジョアンナの誕生日パーティーが終わり、部屋を移して食後のお茶を飲んでいる。すでに人払いはされていて、部屋にいるのは四人だけだ。
少しお茶を飲んで雑談などをした後に、本題に入ることになった。
今朝、ジョアンナに届いた「誕生日プレゼント」の話だ。
今日の「10連ガチャ」は、全てR以上のカードが出るという特別なものらしい。
ジョアンナは緊張した様子の三人に見守られながら、「10連ガチャ」を回した。
そうして、出たのは……
中級ポーション×2（R）
状態異常回復ポーション×2（R）
上級ポーション×3（SR）
マジックバッグ（S）×1（SR）
神樹《しんじゅ》の花びら×1（SSR）
レシピ×1（?）
内容を聞き呆然としていた三人だが、ケルヴィンの提案で「レシピ」を確認してみることになった。これだけ「?」の文字が書かれている。おまけにカードが虹色に輝いていて、他の物とはちょっと違う感じがする。
ジョアンナが「アイテムボックス」から取り出したレシピは、「黒い表紙の薄い本」だった。
表紙には不思議な模様が描かれている。
その本を開いてみると、そこには驚くべき文字が書かれていた。

「最上級解呪ポーション」のレシピ

ジョアンナは身体が震えて声が出せないでいる。

早くこのことを伝えなければいけないのに、力が入らず身体が動かない。

隣でジョアンナの様子を見ていたヴィンセントは、声をかけてから彼女の手元を覗き込み……言葉をなくす。

ジョアンナはなんとか手を動かして、心配そうにこちらを見ているケルヴィンとセリーナに本を手渡した。

本の表紙を開いた二人の瞳に、「『最上級解呪ポーション』のレシピ」の文字が映る。

ケルヴィンは瞳に一瞬だけ涙を浮かべると、すぐに顔を手でグッと押さえた。

セリーナの瞳からは涙が落ち、静かな部屋に小さな嗚咽《おえつ》が響く。

全員が少し落ち着いたところで、きちんと本の内容を確認することにしたのだが、ここでジョアンナたちはまた言葉を失うことになる。

このポーションを作る材料は、すでに手元にある物ばかりだった。

しかし、必要な素材がひとつだけ足りないのだ。

聖水×50

デスパル草×6

妖精の粉×1
虹色の雫《しずく》×1
神樹の花びら×1
水龍《すいりゅう》の心臓×1

足りないのは「水龍の心臓」だけだ。

しかし、この素材の入手が難しいことを、この場にいる全員が理解していた。

ドラゴンと呼ばれる竜種の魔物は、数は少ないが世界中に生息している。

白龍《はくりゅう》、黒龍《こくりゅう》、火龍《かりゅう》……など様々な種類がいるが、この水龍が生息しているのは、水の都と呼ばれているプルクア王国だ。

そのプルクア王国では……水龍は国の守り神として大切に保護されている。水龍の住処《すみか》となっている山へは、神事などの特別な場合以外は立ち入りが禁止されているほどだ。

水龍を傷つけた者には、一族全員の処刑という厳しい裁きが下されるのは有名な話だった。

他国の者が水龍を傷つけたとあれば、ただちに国同士の争いに発展してしまうだろう……。

先ほどまでの歓喜に満ちた空気は鳴りを潜め、部屋には静かな空気が流れている。

ケルヴィンは目をギュッと閉じて、やり切れない思いを耐えている。

セリーナは瞳から力が抜けてしまい、テーブルに置かれたレシピをボーッと見ている。

ヴィンセントは必死に顔を作ってはいるが、落胆した様子を隠しきれないでいた。

ジョアンナはというと……一瞬ガッカリしたものの、なぜか大丈夫だと自身の勘が告げている。

なんの根拠もないが、恐らく近い将来、自分のスキルで水龍の心臓が手に入る予感みたいなものがあるのだ。

　ただ、これはジョアンナの勘でしかなく、なんの根拠もない話だ。そのため、この話を伝えるべきかを迷っている。

　三人の様子を見ていると、早く伝えた方がよい気がする。でも、もし水龍の心臓が手に入らなかったら……この三人を深く傷つけてしまいそうで怖いのだ。

「ジョアンナ嬢？　大丈夫？」

　俯いて考え込んでいるジョアンナにヴィンセントが優しい声をかけた。その声に顔を上げたジョアンナは、心配そうにこちらを見つめる優しい瞳を見て心が決まった。

　ジョアンナのこの変わったスキルのせいで、彼らには沢山の迷惑をかけているはずだ。それなのに、そんな苦労をジョアンナには少しも見せないでいてくれた。普通に考えても、「ガチャ」で手に入れた貴重な物を売れば大儲けできるのに、一回もそんなことをしようとしなかった。

　いつもジョアンナが国から利用されたりしないように、ただ守ることだけを考えてくれた人たちだ。

　そんな彼らに、この大切な話を隠しておいてよいはずがない。

　ジョアンナは覚悟を決めて、口を開いた。

「あの……本当になんの根拠もないのですが、きっと近い将来に水龍の心臓は手に入ると思います。上手く言えないのですが、私のスキルで手に入る予感のようなものが、私にはあるのです。

いつになるかはわかりませんが、それを待ってもらえないでしょうか？」

そう言って三人を見つめるジョアンナの瞳は、力強い光を宿していた。

誕生日の翌日から、屋敷では薬作りの練習に励むジョアンナの姿がよく見られた。

これまでは午前中は、散歩や読書、たまにセリーナとお茶を飲んだりしてのんびり過ごすことの多かったジョアンナ。しかし、今は午前中から調合室にこもり、一日のほとんどの時間を薬作りの練習にあてている。

ジョアンナは毎日、夕食後に入浴しているのだが……入浴後にマッサージをしている侍女たちは彼女の固くなった身体をほぐしながら、憂《うれ》わしげな表情を浮かべている。

しかし、マッサージを受けながら気持ち良さそうに寝息を立てているジョアンナには、それを知る由《よし》もなかった。

彼女がこうして薬作りの練習に励んでいるのには、理由があった。

誕生日に手に入れたレシピを読むと、最上級解呪ポーションの作成は難易度が高いのだ。

レシピを手に入れた翌日、ケルヴィンはディーノに作成をお願いしたが断られてしまった。ディーノはこれまでポーションよりも薬作りの腕を磨いていたので、レシピを読んで今の自分の腕ではこのポーションの作成は難しいと判断したのだ。

それを受けて、ケルヴィンは腕の良い錬金術師を探している。

そのことを知っているジョアンナだったが、このポーションだけは自分が作らなければいけない気がしていた。

　レシピを見た瞬間に「自分はこのために生まれてきた」という運命みたいなものを感じたのだ。これはただの勘みたいなものでしかない。それでもジョアンナは、自分の中に確かにあるそれを無視できずにいた。

　だから、ジョアンナは決めたのだ。水龍の心臓が手に入るまでに、レシピに書かれている手順を熟《こな》せるようになれば、このポーションを自分で作ると……。

　そうしてジョアンナは、毎日、腕や肩がパンパンに腫《は》れるほど熱心に練習を繰り返し、ひたすらに自身の腕を磨いていった。

　ある晴れた日の午後。ヴィンセントの部屋には、ソファーに並んで座るジョアンナとヴィンセントの姿があった。昼食を終えたばかりの二人は、お茶を飲みながら楽しげに話している。

「そろそろ、回します？」

「そうだね。今日は何が出るかな？」

「うーーん。昨日もその前も聖水だったので、今日はデスパル草？　ヴィンセント様は何が出ると思います？」

「ジョアンナ嬢はデスパル草か……。じゃあ、俺は今日も聖水で！」

　週に何度か繰り広げられる予想大会を開始した二人は、瞳を合わせるといたずらな笑みを浮かべた。

　ジョアンナはいつも通りに画面を出し、「ガチャ」を回し始めた。彼女の手元と顔を交互に見ながら、ヴィンセントが期待に瞳を輝かせる。

「あっ！」

　さっきまで笑顔を浮かべていたジョアンナが小さな声をあげた。彼女は信じられないものを見るかのように、画面をじっと見ている。

「ジョアンナ嬢？」

　彼女の様子を見ていたヴィンセントが声をかけたが、画面に気を取られている彼女の耳にその声は届かない。

　——なに、これ？

　ジョアンナは、初めて起こった現象に戸惑っていた。

　いつもは「ガチャ」を回すと右回りに一枚ずつカードが光り、最後に手に入るカードの所で光が止まる。そして、すぐにカードがめくられるのだが……今日は上のカードの所で光が止まると、一度画面が強く光った。

　驚いて画面を見ると……手に入るはずのカードの色が変わり、光り輝いている。こんなことは、初めてだ。

　——これは……もしかして？

　ついに水龍の心臓が出たのではないかと、ジョアンナの胸は期待で高まった。祈るような気持ちで画面をじっと見つめていると、何度か光が点滅してからカードがめくられた。

ゴクリと喉を鳴らすジョアンナ。

彼女のあまりにも張り詰めた空気に、ヴィンセントも息を飲んだ。

「……………っ」

「……大丈夫？」

黙って画面を見つめたまま動かないジョアンナに、ヴィンセントは心配そうな表情でもう一度声をかけた。

「……すみません。ちょっと初めてのことが起こって、驚いてしまって……」

それからジョアンナはさっき見た画面の様子をヴィンセントに伝えた。

「へえー、カードの色が変わるなんて初めてだね。中級ポーションか……。「ガチャ」でRのカードが出ることもあるのか……」

すでに光るカードは消え、ジョアンナの瞳には四枚のカードが並ぶいつものガチャ画面が映っているのだが……その瞳には、落胆の色があった。

その日から、昼食後の「ガチャ」の時間に少しの緊張と期待が混じるようになった。

今日は何が出るかを予想しながらも、どこかそわそわした様子の二人。

冗談を言うような軽い口調で上級ポーションなどのR以上の名前を口にすることもあったが、水龍の心臓という言葉が二人の口から出ることはなかった。

いつも通りの、楽しい午後のひととき。

いつも通りの、二人の日課。

変わったのは……彼らの瞳にそれまでにはなかった色が混ざったことだけだ。

「ストップ」を押して光が止まるまで、祈るような瞳で画面を見つめるジョアンナ。

その隣で、彼女と同じような表情を浮かべるヴィンセント。

「今日も聖水でした」

来る日も来る日も、二人が期待しているカードは出ず、カードがめくれるたびに二人がぎこちなく笑う日が続いた。


それは……突然、訪れた。

ジョアンナが目を覚ましていつも通りに「ログイン」を押すと、こんな画面が出てきた。

連続ログイン　１１２０日達成！
「連続ログイン達成プレゼント」が届きました！
①　ガチャチケット：10枚を手に入れました（有効期限：本日中）
②　コイン：１００枚を手に入れました（有効期限：１年）

ドクン……ドクン……ドクン…………。

心臓は画面を見た瞬間に激しい音を立て始めた。レシピを手に入れてから何度か「連続ログイン達成プレゼント」が届いてはいるが、こんなことは初めてだ。

　ジョアンナは吸い寄せられるように画面へ手を伸ばし、気がつくと「10連ガチャ」の「スタート」を押していた。

　息を呑むように画面を見つめているジョアンナの瞳に、左上からカードが一枚ずつ出てくるのが映る。そして、カードが十枚並ぶと……画面がピカッと一回光り、全てのカードがめくられた。

「聖水」

「聖水」

「状態異常回復ポーション（R）」

「ガチャチケット（有効期限：1年間）：2枚」

「聖水」

「デスパル草」

「初級ポーション」

「ガチャチケット（有効期限：1年間）：2枚」

「初級ポーション」
・・・・・・・・
「水龍の心臓（SR）」

　最後のカードは光り輝き、水色のドラゴンと心臓の絵の真ん中に「SR」の文字。そして「水龍の心臓」と書かれている。

それを見た瞬間、ジョアンナの視界がぼやけ次々と大粒の涙が頬を伝った。

侍女が部屋に入ってきたドアの音で、ジョアンナはハッと顔を上げた。

彼女は泣き腫らしたひどい顔のまま、少し震える手で手紙を書いて三人に届けてもらう。

ジョアンナの様子を見て心配している侍女たちに大丈夫だと告げて微笑み、すぐ動きやすい服に着替える。髪は邪魔にならないように束ねてもらった。

朝食を摂り終わった頃、ケルヴィンとセリーナが慌てた様子でやってきた。

手紙を読んで、すぐに来たのだろう。珍しく二人の身だしなみが少し乱れている。

ジョアンナの格好を見た二人はこれから彼女が何をするつもりなのかを察し、困惑した表情を浮かべている。

「これから、私が最上級解呪ポーションを作ろうと思います」

ジョアンナの決意に満ちた目を見て、二人は言葉が出てこなかった。

この最上級解呪ポーションの作り方は、レシピを読んだので二人とも理解していた。

工程が多く、恐らく一日がかりの作業だ。最後には長い時間、鍋を混ぜ続けなければならないので、女性には非常に過酷なものになるだろう。

そしてレシピの注意書きには、全ての工程を一人でやらなければならないと書かれていた。

ポーションや薬を作る時のように、何人かで分担して作業することができない。どんなに疲れても、休んで誰かに代わってもらうことができないのだ。

人には魔力が流れており、その魔力は一人一人違う性質があると言われている。複数の人間の魔力が混じると、このポーションは効果が落ちてしまうのだ。そのため、材料の加工から仕上がりまで、同じ人間が一人で行わなければならないらしい。

セリーナは一度目を閉じると、ジョアンナをまっすぐに見て、口を開いた。

「任せたわ」

「はい、お義母さま、お義父さま、必ず成功させてみせます！」

「……すまない。頼んだ」

ケルヴィンはなんとか声を絞り出して、苦しそうにそう言った。

ジョアンナは二人に笑顔を向けて立ち上がると、すぐに調合室へ向かって歩き出した。

ヴィンセントの顔を見たい気持ちもあったが、きっと彼もさっきのケルヴィンと同じような顔をする。だから、やめておいた。

ジョアンナが苦労すると、この家の人は自分のことのように心を痛めるのだ。血は繋がってはいないが、ジョアンナにとって、彼らはもう自分の家族だった。

そして初めて恋をした男性のために、自分にできることがある。それは幸せなことだ。

ジョアンナとヴィンセントの婚約は、彼が病に伏《ふ》していたから結ばれたものだった。

呪いが解ければ……この婚約自体がなくなってしまうかもしれない。想像するだけで胸が痛むが、彼が笑顔で幸せに生きられるのなら、それでもいいと思った。

これまで、想像もできない苦しみを一人で耐えてきた人だ。彼には誰よりも幸せになって欲しい。

　ジョアンナは少し感傷的になりながらも調合室にたどり着き、ドアが開くと…………動きを止めた。

　驚くことに、調合室にはヴィンセントが待っていたのだ。

「邪魔はしないから、ここで見学させてもらえないかな？」

　ヴィンセントはジョアンナの姿を見つけると、真剣な表情で口を開いた。

　ジョアンナはあまりの驚きに彼の言葉が耳で止まり、頭の中までは届かない。

　呆然と立ち尽くすジョアンナ。そんな彼女を見て戸惑うヴィンセント。

　しばらく二人は無言で向かい合った。

　そんな二人を見兼ねたコリンナがジョアンナの肩を軽く揺すると、彼女はハッとしてヴィンセントに視線を移す。

「あっ！　はい。大丈夫です」

　どこか上の空で首を縦に振ったジョアンナは、引きつった笑顔を浮かべながら落ち着かない様子で作業台へ移動した。

　ヴィンセントはいつもと違う様子の彼女に戸惑いながらも、定位置のソファーに腰かける。視線を移せば、作業台に向かって考え込んでいるジョアンナの姿が見えた。

　――もー‼　私……本当にひどい顔をしているわ。

心の中で叫ぶジョアンナ。彼女の様子がおかしかったのは、本当に些細な理由からだった。

さっき大泣きしたせいで目は腫れているし、これから汗もかくので顔は洗っただけに近い状態だ。そんな自分の顔を、よりによってヴィンセントに見られてしまったことに混乱していたのだ。

これから、最上級解呪ポーションを作るので集中しなければならない。そんなことは百も承知だ。それでも湧き上がってくる恥ずかしい気持ちは、どうにもならないのだ。

ジョアンナは作業台の前で必死に気持ちを整えようと努力してみたが、上手くいかない。集中しなければいけないのに、次々と余計なことばかり考えてしまう。

——これでは、いけないわ。

パチンッ！

突然、大きな音がひとつ、調合室に響いた。

完全に浮ついていたジョアンナが、活を入れるために自分の顔を両手で強めに叩いたのだ。

ヴィンセントだけでなく、部屋の隅に控えているコリンナやダニーも驚いた表情でジョアンナを見つめている。彼女の頬は少し離れた位置からもわかるほど、赤くなっている。

ジョアンナはそんな彼らの視線に気がつかずにいた。

頬に感じる痛みのおかげか、少し冷静になったジョアンナは、さっきまでとは別人のような集中した表情で真剣にレシピを見つめている。

すでに何度も読んで内容は全て覚えているが、もう一度しっかりと手順を頭に叩き込むとレシピを静かに閉じた。

そして［アイテムボックス］から材料を取り出して、作業台に並べていった。

最初にジョアンナが手を伸ばしたのは、青い宝石のような水龍の心臓だった。

自分の顔と同じくらいの大きさの水龍の心臓を専用の道具を使いながら砕き、少しずつすり潰していく。これはかなり力の必要な作業だ。

ジョアンナは何度も汗を拭《ぬぐ》いながら、何時間もかけてこれを全て粉状にした。

ここで、少しだけ休憩だ。固くなった肩や腕を揉みながら、軽く身体をほぐす。

コリンナが用意してくれたサンドイッチを立ったままで口に突っ込み、冷たいお茶で流し込む。

集中しているジョアンナは次の作業について考えながらあっという間に食事を終えて、すぐに作業を再開させた。

デスパル草を板の上に置いて細かく刻み、大きな鍋へ入れていく。

辺りにはデスパル草の独特の匂いが広がる。

その鍋の中に、聖水を一本ずつ加えていく。

レシピによると、聖水を五十本入れてしばらく混ぜると液体の色が変わってくるそうだ。それまでひたすら鍋を混ぜ続ける。

そうしていると、濁《にご》ったような紫色の液体が少しずつ色を変えていき、レシピに書かれていた通りの深い緑色に変わった。

ここからは鍋に素材を入れて、液体の色が変わるまで混ぜる作業が続く。

まずは、妖精の粉を少しずつ加えて混ぜていく。深い緑色からオレンジ色に変わるまでだ。

次は、神樹の花びらを全て加えて混ぜる。液体は、オレンジ色から少しずつピンク色に変わっていく。

そこに水龍の心臓を砕いた粉を少しずつ加えながら混ぜていく。粉が完全に溶けると、液体はピンク色から深い青になった。

ここで火を点けて、鍋を弱火にかける。

ここからは、長い時間、鍋を混ぜ続ける作業だ。

どれくらい時間が経っただろうか……。すでに鍋の中の液体は半分ほどに減っている。

ジョアンナの腕の感覚がなくなってきた頃、鍋の中に少しずつ変化が起こり始めた。

深い青だった液体が、少しずつ薄い青に変わっていく……。

そのまま混ぜ続けていると、液体は透明になり少しずつ輝き出した。

そこで火を止めて、虹色の雫を入れる。

しばらく鍋を混ぜ続けていると、液体の色が貝の裏側のような虹色になっていく。

そのまま手を止めずに混ぜていると、最後に鍋の中がボワッと光り、光を帯びた不思議な色合いの液体が出来上がった。

ジョアンナは手を止めて、胸の前で両手を強く握り……ゴクリと唾を飲み込んだ。

彼女の心臓は大きな音を立てている。

一度、大きく息を吐き出したジョアンナは、覚悟を決めて鍋に【鑑定】をかけた。

飲むとあらゆる呪いが解ける

■最上級解呪ポーション（品質：良）

成功だ。ジョアンナは瞳に浮かんできた涙を袖で軽く拭った。

そして歓喜に震える手で慎重に鍋からビンに液体を移し、そっと蓋をした。

一方、ジョアンナがポーションを作る様子を見ていたヴィンセントは、あまりの大変な工程に驚いていた。

何時間も青い石のようなものを、大きな音を立てて砕き、すり潰しているジョアンナ。

額《ひたい》には大粒の汗が滴《したた》っている。

彼女はそれを何度も拭いながら、手を止めることなくその作業を続けていた。

きっと腕はもうパンパンに腫れ上がっているだろう。

何度も「もういいよ」という言葉が喉まで出かかったが、彼女の真剣な表情を見ると声が出なかった。ヴィンセントは血管が浮き出るほどに右手をギュッと握りながら、奥歯をギリッと噛み締めた。

彼女は途中で一度だけ休憩を取ったが、軽くパンを食べてお茶を飲んだだけだ。

それからはずっと鍋を混ぜ続けていた。

時折、作業が上手くいっているのが嬉しいのか、柔らかい表情を見せるジョアンナ。しかし、彼女の腕はもうとっくに限界を超えているだろう。それでも作業を止めずに、集中した表情で次々と素材を入れて鍋をかき混ぜている。

見ているだけのヴィンセントも、何時間経っているのかわからないほどの長い時間だ。

ヴィンセントはそんな彼女の様子を目に焼き付けようと、真剣な表情でずっと見つめていた。

彼女が鍋を混ぜ始めてから、どのくらいの時間が経ったのだろうか……。

最後に鍋が光ると、彼女は鍋から光る液体をビンに注いで満足そうに微笑んだ。

その笑顔の美しさに見とれていると、彼女がパッとヴィンセントに視線を向ける。

そして満面の笑みを浮かべて、勢いよくこちらへ向かってきた。その勢いのまま、ジョアンナはヴィンセントに子供のように抱きつく。彼はそれに驚きながらも、彼女の背にそっと右手を回した。

自分の腕の中で、肩を震わせて喜びの涙を流すジョアンナ。

ヴィンセントは彼女の柔らかい温もりを感じながら、込み上げてくる愛しさを感じていた。

ジョアンナが目を覚ますと、自室のベッドの中だった。カーテンから漏れ出す光から、外がすでに明るいことがわかる。

――やってしまったわ！

昨夜のことを思い出して、一瞬で顔が真っ赤に染まるジョアンナ。

ポーションが出来上がったことに興奮して、あろうことかヴィンセントに抱きつき、そのまま眠ってしまったようだ。あまりの恥ずかしさに両手で顔を覆おうとした瞬間、右腕に激しい痛みを感じる。

――痛っ！　あれだけ長い時間作業していれば、筋肉痛にもなるわね……。

ジョアンナは右腕を揉みながら、軽く笑った。

そして、ベッドの横に置いてあるベルに左手を伸ばす。

チリリリ～ン

ベルが鳴り終わるのとほぼ同時にドアが開き、コリンナが部屋に入ってきた。彼女はジョアンナの顔を見て、ホッとしたような表情を見せる。

コリンナからすぐにお風呂に入れると聞いたジョアンナは、まずは汗を流すことにした。ポーションを作りながら沢山汗をかいていたので、全身がベタベタするのだ。

そしてジョアンナは気がついてしまう。ヴィンセントに抱きついた時、自分の身体が汗をかいてボロボロの状態だったことを……。

ジョアンナはこっそり自分の身体の匂いを嗅《か》いでみた。少し汗臭い気がする。

そのことに少し元気をなくしたジョアンナだったが、温かい湯につかっているうちにウトウトし始め、いつの間にか眠ってしまったようだ。侍女たちはそんな彼女を見て軽く微笑み、丁寧に身体を洗った。

湯から上がった彼女は髪を乾かしてもらいながら、コリンナから眠っていた間の話を聞いた。

ジョアンナが使用人たちによって部屋まで運ばれた後、騒ぎを聞きつけたケルヴィンとセリーナがすぐに調合室へ来たそうだ。彼らはヴィンセントから話を聞きながら出来上がったポーションを手に取り、人目も憚《はばか》らず涙を流していたらしい。

「お二人とも、とってもジョアンナ様に感謝されていましたよ」

そう言ったコリンナの声は、明るく弾んでいる。

そんな話をしていると、ドアを叩く音が聞こえてきた。

対応に向かった侍女が近づいてくる気配を感じて、ジョアンナは目を向ける。

「お久しぶりです。ジョアンナ様」

そう言って笑うのは、リネハンに来たばかりの頃にお世話になった治癒士の女性だ。風呂でジョアンナの身体を洗ったコリンナは、あまりに腕などが腫れていたので彼女を呼んだらしい。

女性が腕に触れると、強い痛みが襲いジョアンナは顔をしかめた。

「腫れて熱も持っていますね。筋肉痛の場合は自然治癒をした方がいいのですが、これは魔法をかけた方がよさそうですね」

ジョアンナの身体はこれまでの無理な練習に加えて、一日中、身体を酷使《こくし》したこともあり、すぐに治療が必要なようだ。

彼女がジョアンナに手をかざすと、あっという間にさっきまで感じていた腕の痛みが消え去った。ついでに、凝り固まっていた肩や背中の痛みも消えている。

久しぶりのどこにも痛みのない身体に、ジョアンナは思わず笑みをこぼした。

夕方。ジョアンナはヴィンセントの部屋を訪れた。部屋にはすでに全員そろっていて楽しげに話している。

ジョアンナを見つけたセリーナがすぐに飛んできて、ジョアンナをギュッと抱きしめる。

身体は疲れていないかを念入りに確認しながら、心配そうにジョアンナの身体のあちこちを見ているセリーナ。そのあまりの真剣さに、ジョアンナはくすぐったいような感覚を覚えた。

席に着いてお茶をひと口飲むと、ケルヴィンが真剣な顔でジョアンナを見つめて、勢いよく頭を下げた。

隣のセリーナも同じように頭を下げている。

「ジョアンナ、本当にありがとう！　どんなに言葉を尽くしても伝えきれないほど、感謝している」

「ヴィンセントから作業の様子は聞いているわ……本当にありがとう」

ジョアンナが突然のことに驚いていると、隣からも声が聞こえてきた。

「ジョアンナ嬢、本当にありがとう。あんなに大変な作業を俺のために……。心から感謝している」

ジョアンナは首を左右に振ると、三人に向けて明るく微笑んだ。

「ポーションが無事に完成して良かったです！」

少しの間、作業の様子などを話した後、遂にポーションを飲むことになった。

念のためディーノにも来てもらい、ヴィンセントもベッドに移動する。

ベッドから少し離れた所に立っていたジョアンナの元に、ダニーが最上級解呪ポーションを持ってきた。

思わずセリーナを見ると、彼女は大きく首を縦に振りジョアンナに微笑んだ。

ジョアンナはポーションを受け取るとヴィンセントの前に立ち、震える手で蓋を丁寧に開けてヴィンセントに手渡す。

ヴィンセントはそれを少し震えた手で大切そうに受け取り、ジョアンナを見て軽くうなずくと一気に飲み干した。

彼の喉がコクリと動き、口からポーションのビンが離れた瞬間。

彼の全身を眩《まばゆ》い光が包んだ。

あまりの眩《まぶ》しさに目を閉じたジョアンナ。光が収まった気配を感じて目を開けると、ヴィンセントが信じられない様子で自身の左手を見つめていた。

彼の視線の先に目を向けると……左手の指が動いている。

ケルヴィンとセリーナは声にならない声をあげて抱き合った。

ジョアンナは気がつけばヴィンセントの腕の中に飛び込んでいた。そんなジョアンナをヴィンセントが両手で抱きしめる。

久しぶりに動かした左手から伝わってくるジョアンナの温もりを感じ、ヴィンセントの瞳には涙が浮かぶ。そのまま二人はきつく抱きしめ合った。

その後、ヴィンセントはディーノに身体を詳しく診てもらった。

腕にあった赤黒い文字は跡形もなく消えている。聖水を飲んでも残っていた身体のしびれも消えていて、どこにも問題はないそうだ。

ただし、長い間、左半身はほとんど動かしていないので、筋肉が相当衰《おとろ》えているらしい。それも、少しずつ動かして体力をつけていけば、じきに元通りになるそうだ。

ディーノの話を聞いて、安心したように笑ったヴィンセント。そんな彼を見てジョアンナの瞳から大きな涙が落ちた。


その夜。一人きりになった部屋でベッドに横になったヴィンセントは、ゆっくりと右手を伸ばして……自分の左腕に触れた。

自分の体温や、皮膚の柔らかさ。これまでの何かに押されているだけの感覚とは全く異なる、左腕に感じる温度や感触に、これが夢ではないのだということを実感する。

肩、顔、腹、脚……ヴィンセントは確かめるように、感覚を取り戻した自身の身体に次々と触れていった。それから、左手も動かしてみる。少し動かしにくさを感じるが、きちんと動く指を見ていると胸が震えた。

しばらくの時間。そうしていたヴィンセントは、ベッドの横に置かれた木剣に目を移した。

ベッドで過ごす時間が増えるにつれて剣を見ることが辛くなり、だいぶ前に処分したはずの素振り用の木剣。ダニーは捨てずに取っておいたらしい。

小さな傷がいくつも付いた古い木剣に、ヴィンセントはそっと手を伸ばした。

感触を確かめるように何度か握りなおしてから、軽く振ってみる。

ビュン、という空気を切る音。そのあまりの弱々しさに苦笑いをしたヴィンセントは、そっと剣を撫でてから腕に抱きしめる。また剣を握れるという喜びに、腕にはどんどん力が入っていき全身が震え出す。

彼の瞳からは、とめどなく涙がこぼれ出し、頬を伝っていった。

第六章 二人の未来

ケルヴィンは執務室で険しい表情をしていた。

彼の瞳には怒りの色があり、手には握りつぶされた紙のようなものが見える。

ふと、窓の外から楽しそうな声が聞こえて外を見ると、ヴィンセントとジョアンナが仲良く庭を散歩しているのが見えた。

ヴィンセントがジョアンナの作ったポーションを飲んでから、すでに一か月が過ぎている。彼は地道にリハビリをして、ゆっくりだが一人で歩くことができるまでに回復していた。

以前よりも柔らかい表情で笑うようになった息子と、その隣で微笑む娘。

そんな二人を見ながら、さっきまでとは別人のような柔らかい笑みをケルヴィンは浮かべた。


その日の夜、ケルヴィンの執務室にはヴィンセントがいた。

彼はグシャグシャになった跡の残る手紙に、静かに目を通している。

全て読み終わると、大きく息を吐き出した。視線を上げると、ウンザリとした表情の父が見える。きっと自分も似たような顔をしているだろう。

さっき読んだ手紙の送り主は、セドリック。

そこには、この一か月の間に王都で起こった出来事が書かれていた。

ヴィンセントの呪いが解けた頃、王宮で黒い霧に人が包まれる事件が二件起きていた。

最初の一件が起こったのは、王宮内の廊下。

目撃者の話によると……突然、黒い霧のようなものが現れて、一人の男を包んだ。その黒い霧は数秒で晴れたが、男は急に苦しみだし、その場で息を引き取った。亡くなったのは王宮で勤めている魔術師の男だった。

同じ頃、第二王子のクリフォードが自室でお茶を飲んでいると、どこからともなく現れた黒い霧のようなものに全身を包まれた。

慌てて護衛が王子を救出しようと動き出した瞬間、王子を包んでいた黒い霧がパッと晴れる。

混乱する部屋の中、すぐに医師が呼ばれたが、王子の身体には全く異常がなかった。

その後の調査で、王宮内でも似たような黒い霧が発生したことや、それに包まれた魔術師が亡くなったことがわかった。すぐに護衛が増員され、クリフォードの守りは厳重に強化される。

そうして何人もの護衛に守られながら眠りについたクリフォード。

翌朝、目を覚ました彼の左腕には不思議な文字が浮かび上がり、身体がしびれて動けなくなっていた。

　話を聞きつけた国王とセドリックが彼の腕を確認すると、そこには見覚えのある文字があった。

ケルヴィンから手紙で相談を受けていた、ヴィンセントの腕に現れたという呪いの可能性がある文字だ。

それを見た二人が厳しく問いただすと、クリフォードは真実を話し始めた……。

魔の森でのあの事故は、クリフォードが仕掛けたものだった。

狙いはセドリック。王太子の座を狙っての犯行だった。

セドリックの護衛騎士の中に、金に困っている男がいた。そこにつけ込み、金で買収して実行させたのだ。

実行犯の騎士は、セドリックの服に呪いの発動に使う蛇が好む香りがする液体を数滴垂らした。

そして、魔物との戦闘中に隙を見て蛇を放ち、セドリックを襲うように仕向けたのだ。

しかし、運悪くヴィンセントが助けに入り作戦は失敗する。

事件の後、すぐに騎士と彼の母親は口封じのために処分された。

呪いの発動に使った蛇は、王宮に勤務する魔術師が【闇魔法】のスキルを使って育てたもので、その蛇に咬まれると皮膚が蛇の鱗《うろこ》のようになり、激しい痛みに苦しみながら命を落とす呪いだった。

その魔術師は、前日に黒い霧に包まれた亡くなった男だった。

クリフォードは王太子の座を欲する性格でもなかったため、セドリックは彼の口から語られた犯行が信じられなかった。

彼に詳しく話を聞くと、どうやら婚約者と過ごすうちに「王太子にならなければならない」という思いが強くなっていったらしい。

ただ、黒い霧に包まれた後から、なんでそんなことを思っていたのか自分でもわからなくなっているそうだ。

彼の様子があまりにもおかしかったので詳しく調べてもらうと、魔法による洗脳の形跡が見られた。

クリフォードに亡くなった魔術師を紹介したという彼の婚約者を呼び出して調べると、クリフォードを洗脳していたのも同じ魔術師の男だったことがわかった。彼女は父親であるマルサス侯爵に頼まれて、その男をクリフォードに何度か会わせたことを認めたのだ。

彼女の証言をきっかけに、マルサス侯爵は捕えられた。その捜査の中で、侯爵がいくつもの事件に関与していたことが判明する。

クリフォードが騎士を使い、セドリックへ危害を加えるように仕向けたのも……実は侯爵だった。彼は巧みにクリフォードを誘導し、魔術師の洗脳も使って陰で操っていた。

ついでにヴィンセントに毒を盛っていたパオロも、ケルヴィンの読み通り侯爵の差し金で動いていた。セドリックとリネハンの関係を悪化させるために、ヴィンセントを狙ったらしい。

これをきっかけにこれまでのマルサス侯爵の不正などが、どんどん明るみに出ている。

現在、侯爵の屋敷や領地などは差し押さえられて、関係者の厳しい取り調べが続いているそうだ。

呪いに詳しい者の見立てによると、ヴィンセントにかけられていた呪いが解けたことで、術者である魔術師に呪いが戻った。そして、彼の命をもってしても足りない分の呪いが、依頼者のクリフォードに戻ったのではないかという話だった。

ヴィンセントは、もう一度手紙にさらっと目を通してから口を開いた。

「王家に恩を売っておきましょう。聖水を渡す代わりに、ジョアンナへの手出しはしないという誓約を取ってきてください。あと、他国からの介入があった際は、王家に盾になってもらいましょう」

「そうだな……彼女のことを考えればそれが一番か。……それでいいのか？」

ケルヴィンは気遣わしげにヴィンセントを見つめた。

「はい。思うところがないわけではありませんが、あの呪いのおかげで彼女に出逢えたのも事実です。悪いことだけではなかった。それにセドリックには申し訳ないが、恐らく聖水は効かないでしょう」

ヴィンセントはディーノから聞いた村の話を思い出していた。

「恋した娘を手に入れようとした男の水は光を失い、男は助からなかったのですから……」

翌日、ケルヴィンは聖水、上級ポーション、状態異常回復ポーションを持って王都へ旅立った。聖水以外のポーションも持って行ったのは、子を持つ親としてのせめてもの気遣いからだ。

十日後、王都の屋敷に到着したケルヴィン。

この屋敷は、結婚してリネハンを離れたケルヴィンの妹夫婦が管理している。久しぶりに会った妹夫婦にヴィンセントが元気になったことを伝えると、二人は自分のことのように喜んだ。ヴィンセントの最近の様子を聞きたがる二人に、一人で歩けるほどにまで回復していることや、婚約者のジョアンナと仲良く過ごしている話をする。

妹は何度も涙を拭《ぬぐ》いながらも、楽しそうにその話を聞いていた。すっかり興奮した様子の二人はヴィンセントとジョアンナに会いたがり、近いうちにリネハンへ行けないかと楽しそうに相談を始めている。

そんな二人の様子を見つめながら、ケルヴィンは穏やかに微笑んだ。


次の日の午後、ケルヴィンは王宮の応接室でお茶を飲んでいた。

しばらく待っていると、応接室にやって来た国王とセドリック。

二人の顔色は悪く、国王は昨年会った時よりもだいぶ年老いて見える。

すぐに人払いがされて三人だけになると、国王が静かに立ち上がり……深く頭を下げた。セドリックも同じように隣に立ち、頭を下げている。

ケルヴィンは彼らの謝罪を受け取り、席に着くように促した。

王族が非公式の場とはいえ、臣下《しんか》に頭を下げたのだ。彼らの誠意はケルヴィンにも伝わった。息子を苦しめたことを許せない気持ちは残るが、この数年、彼らが他国にまで手を伸ばして懸命に治療法を探してくれていたのは知っている。

ケルヴィンは場の空気を変えるために、最近のヴィンセントの様子を語り出した。

すでに歩けるまで回復していることを知ると、セドリックは涙を流して喜んでいる。彼もあの日からずっと苦しんできたのだろう。

ケルヴィンは話し終えると、持ってきた聖水とポーションを取り出した。

目の前に置かれた聖水に、瞳をわずかに輝かせた二人。そんな彼らを見て、ケルヴィンは一瞬だけ苦しげな表情を浮かべたが……すぐに顔を戻して静かに口を開いた。

「こちらが聖水です。ただ、クリフォード様が飲んでも症状が改善する可能性は極めて低いでしょう」

そこから、ケルヴィンはディーノから聞いた村の話。

ヴィンセントの身体から黒い部分がなくなった日に、聖水から光が失われたことを話した。

二人はそれを真剣な表情で聞いたうえで、聖水とポーションを丁重に受け取った。

ジョアンナのことはすでに王家での方針が決まっていたので、細かい部分の話を詰めるだけとなった。

ジョアンナには王家は一切手を出さない

ヴィンセントとの婚約は継続

他国がジョアンナへ手を出してきた際は、王家が介入する

ほぼ、希望していた通りの内容だった。

ただ、【ログインボーナス】について、再び研究所の調査が行われることが決まった。

これはこの国に暮らす者の義務なので、ケルヴィンはすぐに了承する。それにより、近いうち

に研究者がリネハンにやって来ることになった。


ケルヴィンが王都の屋敷に戻る頃、クリフォードの部屋には国王とセドリックがいた。

聖水の蓋をセドリックが開けると、中の液体が光り輝いているのが見える。

それを父である国王にも見せてから、クリフォードに手渡すと瞬《また》く間に液体から光は消えてしまった。

国王はそれを見ると肩を落として、王になってからは人前で見せたことのない涙を流したのだった。


ヴィンセントの呪いが解けてから、二か月が過ぎた。

若葉が生い茂り、リネハンは春らしいさわやかな日が続いている。

ひと月ほど屋敷を空けていたケルヴィンは、大量の荷物と一緒に屋敷に戻ってきた。

その荷物は、王都に住んでいるケルヴィンの妹夫婦からのお土産だそうだ。セリーナやヴィンセントにはもちろんのこと、面識のないジョアンナにも驚くほど沢山の贈り物があった。

ケルヴィンが戻ってきてから、屋敷ではある嬉しい変化が起きていた。

リハビリを続けて、だいぶ回復したヴィンセントが当主としての仕事を少しずつ教わり始めたのだ。ケルヴィンとヴィンセント。よく似た二人が肩を並べて忙しそうに屋敷を歩く姿を見た者の中には、こっそりと涙を流す者も多かった。

順調に回復しているヴィンセントは、執務の合間を縫って剣の訓練も始めている。訓練場にはジョアンナが応援に訪れて、休憩の間に仲良く話す二人の姿がよく見られた。

そして、ジョアンナにもいくつかの変化があった。

ヴィンセントの呪いが解けた後から、［ガチャ］で聖水が出なくなったのだ。

［交換］からも聖水が消えてしまっている。

その代わりに、これまでとは違う系統のものが［ガチャ］から出るようになった。

胡椒や砂糖などの調味料

宝石や鉄鉱石などの鉱物

薬作りで使う道具

魔道具………など

貴重な物からそうでもない物まで、様々なカードが出ている。

【ログインボーナス】の扱いについても、変わったことがある。

ケルヴィンが戻ってきた翌日、ジョアンナは彼に呼ばれていた。そこで、これからのジョアンナについての話を聞いた。

近々、研究所から【ログインボーナス】の再調査をするために研究者がリネハンにやってくるので、ジョアンナはその調査へ協力する必要があるそうだ。

そして、もうひとつ。

今後はこれまでのように、スキルについて隠さなくてよくなった。

［ガチャ］もジョアンナの好きなタイミングで回し、出た物も好きに使っていいらしい。

ただ、貴重な物やなんだかわからない物が出た時や、新しい能力が増えた時には、ケルヴィンに相談して欲しいそうだ。

どうやら王家と話し合い、ジョアンナの保護を取り付けてくれたらしい。それにより、このスキルを持っていることでのジョアンナの危険性が下がったので、ある程度の自由が生まれた。

本当にケルヴィンやリネハン家の人には感謝しなければならない。

もしも、リネハンに来ることがなくマーランドで過ごしていたら、このスキルを父に利用されていたかもしれない。

リネハン以外の家と婚約していたら、こんな風に守ってもらえなかっただろう。

【ログインボーナス】に変化があってから、すでに何か月も月日が過ぎている。

最初はスキルに慣れる間もなく次々と色んな出来事が起こるので、それについていくので精一杯だった。

そのうち、何か起こるたびにリネハン家の人たちに迷惑をかけるのが心苦しくなり、スキルを使うことにどこか後ろめたさや怖さを感じるようになっていた。

しかし、ケルヴィンの話を聞いてからは、スキルを楽しんで使えるようになった。

［ガチャ］を回したり……

［交換］でどれにコインを使おうか考えたり……

手に入れた物を［アイテムボックス］から取り出してみたり……

その全てを、ジョアンナは心から楽しんでいる。

唯一、残念に思っているのは、ヴィンセントと一緒に［ガチャ］を回す日課がなくなってしまったことだろうか……。彼が忙しくなり屋敷にいない日も増えたので、二人で昼食を食べられなくなってしまったのだ。

仕方のないことだが、それが少し寂しくもある。

しかし、ヴィンセントがこうして元気に働いている姿を見られるのは、ジョアンナにとって幸せなことだった。

「ジョアンナ様、お久しぶりでございます」

大きな鞄を持ってリネハンにやってきた彼は、研究所から派遣された研究者のフレッドだ。

メガネをかけていて細身な彼は、前回の調査の時に最後までジョアンナの担当をしてくれた人でもある。

今日は、再び始まるスキル調査の最初の日だった。

忙しいはずのヴィンセントも同席してくれているので、心強い。

出されたお茶に礼儀程度に口をつけてから、渡した資料をずっと読んでいるフレッド。

スキルのことになると夢中になってしまい周りが見えなくなるところは、全然変わっていないみたいだ。

その様子を並んで座って見ている二人。

最初はフレッドの様子に戸惑っていたヴィンセントもすぐに慣れたようで、お茶やお菓子を摘みながら彼の様子を楽しげに見ている。

「いやー、興味深い。なんですか？　この［ガチャ］とは、実に興味深い……。画面から出てくる物は、いったいどこからやって来るのでしょう？　この［アイテムボックス］は【空間魔法】の類《たぐ》いか……」

やっと言葉を発したと思ったら、ぶつぶつと呟きながら思考の海に沈み込んでいったフレッド。

ジョアンナとヴィンセントも、以前にこの［ガチャ］でもらえる物は、どこからやってくるのかを話したことがある。

デスパル草は［ガチャ］で出た瞬間に生えている山の上から［アイテムボックス］の中に飛んできたのではないか……だとか。

聖水は、虹の麓《ふもと》で妖精が汲《く》んで届けてくれているのではないか……だとか。

冗談のように沢山の予想をして、笑い合ったものだ。

それからしばらくして、やっと思考の海から這い出たフレッドは、瞳を輝かせてジョアンナを見た。

これまでに何人もの人が同じ瞳をしていたので、彼が口を開かなくても何を言うのかわかり、思わず吹き出してしまうジョアンナ。

そんな彼女の様子すら目に入らずに、高揚した表情でフレッドは口を開く。

「［ガチャ］を回すところを見せてもらえますか？」

それから数日間、屋敷に滞在してスキルの調査をしたフレッド。

馬車に乗り込み研究所へ帰っていった彼の手には、来た時に持っていた大きな鞄はない。その代わり、彼は大事そうに懐《ふところ》に入れたマジックバッグを撫でている。

そのマジックバッグは［ガチャ］で出た物で、研究のために貸し出したのだ。

これから研究所でそのマジックバッグや、その他にも渡したいくつかの物を詳しく調べるそうだ。

塩や胡椒などは、個人的にも売られている物との味の違いを比較したいと言っていたので、いくつかフレッドにプレゼントした。

まるで宝石でも握りしめているかのように、塩と胡椒を両手で大切に持っていたフレッド。あの様子ではきっと王都で買った塩や胡椒と全く同じ味でも「これは格別に美味しい」などと言い出しそうだ。

フレッドが滞在していた数日はなんだか慌ただしい日々だったが、楽しくもあった。

それは、忙しいはずのヴィンセントがずっと隣にいたからだ。最近の彼は屋敷にいない日も多く、何日か顔を合わさない日もあったので、こんな風に長い時間を一緒に過ごすのが久しぶりだった。

初日はフレッドがぶつぶつ言って自分の世界に入っても、黙って様子を見ていた二人だったが、二日目には、おしゃべりをしながらフレッドの心がこちらに戻ってくるのを待つようになっていた。

この数日。スキルの研究用に用意された部屋には、二人の笑顔と楽しげな話し声が絶えなかった。

それからフレッドや何人かの研究者が何度かリネハンの屋敷へやってきて、スキル調査の終わりが見えた頃。

リネハンに一通の手紙が届いた。差出人は、ジョアンナの父であるロナルドだ。

その日の夜。執務室には、険しい顔をしたヴィンセントとケルヴィンの姿があった。

「マーランド伯爵がリネハンにやってくるそうだ」

ケルヴィンは、昼間届いた手紙をヴィンセントへ渡した。

「……娘の顔が見たい、ですか」

二人きりの執務室にヴィンセントの冷たい声が響く。

王家やリネハンが徹底的にジョアンナに対する情報を隠し続けていたので、これまでは彼女のスキルについての情報が漏れることはなかった。

しかし、研究所の調査が始まったことで、彼女のスキルについて知る者も増えてきた。フレッドをはじめとした研究者たちはもちろん厳重に情報の管理はしているが、ジョアンナのスキル調査に関する多くの書類があり、それに携わる人の数も多い。

一人一人が友人や家族に軽い気持ちでした話も、繋ぎ合わせれば見えてくる情報がある。

すでに王都の貴族たちの間では、ジョアンナのスキルに関する噂が広がり始めているようだ。

少し前に届いた王都で暮らすケルヴィンの妹からの手紙にも、お茶会などでジョアンナについて探りを入れてくる家が増えていると書かれていた。

ジョアンナの実家であるマーランドにも、同じように情報を得ようとして接触してくる家がいくつもあるだろう。

伯爵は特に大きな力を持っているわけでもないし、マルサス侯爵のように大胆なことをしでかす度胸もない男だが、念のため釘は刺しておくべきだ。

ヴィンセントとケルヴィンの瞳には、力強い光が灯った。


それから数日後。ロナルドを乗せた馬車はリネハンの屋敷に到着した。

馬車を降りたロナルドは驚いた。久しぶりに会ったジョアンナは、マーランドを出た日とは別人のような明るい顔をしている。

その横に常に寄り添っている、婚約者のヴィンセント。

毒のせいでひどい姿で寝たきりになっていたはずの彼は、噂通りに回復しているようだ。男でも目が奪われるほどの美しさを取り戻し、自分の足で力強く歩いている。

少し前からぽつぽつと入ってくる、リネハンやジョアンナに関する噂話。

――まさか、噂は本当なのか？

最近になってジョアンナについて、社交の場で探られることが増えていた。

気になって調べてみると、どうやらジョアンナのスキルがとても価値のあるものらしいという話が聞こえてくる。

――研究所が一年以上調べて、なんの価値もないと判断したあのよくわからないスキルだぞ。

噂の真偽を確かめるために、リネハンへやってきたロナルドだったが、ヴィンセントがずっと隣にいるので、なかなかジョアンナと二人きりになれずにいる。

昼食、夕食と、王都でもなかなか食べられないほどの豪華な食事を口に運びながら、ロナルドはなんとも言えない居心地の悪さを感じていた。

当主夫妻やヴィンセント、ジョアンナも自分に対してとても丁寧に対応してくれている。

しかし、彼らの些細なやり取りから、ロナルドには入っていけない絆のようなものを感じるのだ。

それでもどうしてもジョアンナと二人きりで話したかったロナルドは、夕食後にヴィンセントが離れた隙を見つけてジョアンナに声をかけた。

「ジョア……」「お義父さん、とっておきの酒があるので一緒に飲みませんか？」

そこにいなくなったはずのヴィンセントが、笑顔で声をかけてきた。ロナルドは引きつった笑みを浮かべながら、うなずいた。

案内された部屋で、勧められたソファーに腰かけたロナルド。

向かいに座ったヴィンセントは常に笑みを浮かべてはいるものの、まとう空気にはどことなく鋭さがあり、背筋に寒気を感じる。

「これは隣国から取り寄せた酒になります」

美しい笑みを浮かべたヴィンセントから注がれた、琥珀色の酒。グラスに口をつければ、まろやかな味わいが高い香りとともに広がり、ロナルドは思わず笑みを浮かべた。

上質な酒に気分が良くなってきた頃、ヴィンセントから語られた内容は想像の遥か上をいくものだった。

やはり役立たずだと思っていたあのジョアンナのスキルが、リネハンに行ってから変化していた。その内容も突飛なものでロナルドは困惑する。

――『がちゃ？』とかいうもので、貴重な物が手に入るスキルだと？　まるで……宝の山じゃないか！

ゴクリと喉を鳴らした彼の胸には、わずかな欲が生まれる。

ジョアンナとフィリップの婚約解消の後、マーランドではいくつかの変化があった。

ジョアンナの母の実家であるシャロン男爵家に婚約解消の連絡を送ると、すぐにシャロンから抗議の手紙が届いた。これまでマーランドはシャロンから相場よりも安い値段で小麦を購入していたが、その契約も解消された。

別の領地から小麦を仕入れることになり、金額を見て顔を青くしたロナルドだったが、そこまでは想定していたので問題なかった。

問題はジョアンナのスキルだ。最近になってスキルの噂を聞きつけた家から、マーランドは少しずつ距離を取られるようになっている。

王家とも親しく、国内外に力を持つリネハン家。その次期当主であるヴィンセントの婚約者であるジョアンナが持っているという、価値のあるスキル。

ジョアンナとキャロラインが同じ歳だったことで、ジョアンナとフィリップの婚約を知っていた者も多い。ジョアンナを裏切る形で結婚したフィリップやキャロラインに関する話も、あっという間に広がってしまった。ジョアンナやリネハンが、マーランドに良い印象を持っていないだろうという噂も広がっている。

最近になってお茶会や夜会などで露骨に嫌味を言う者が増えているらしく、妻やキャロラインが文句を言っていた。

父の代までは【水魔法】のスキルで名をはせたマーランドだったが、現在のマーランドには王宮に勤められるほどの【水魔法】を使える者はいない。

今のマーランドとリネハンを天秤にかければ、どの家もマーランドと距離を取るのも当たり前の話だ。

伯爵家の当主として、少しずつマーランドに落ちる影に焦りを感じていたロナルド。彼はジョアンナのスキルについて知り、そこに希望の光を見出した。

——王家が進めた婚約なのでジョアンナを取り戻すことはできないが、ジョアンナのスキルで手に入る物さえあれば……。

ロナルドは欲の隠し切れない笑みを浮かべて、ヴィンセントの瞳を見た。その瞬間、息が止まるほどの殺気がぶつけられた。

迂闊《うかつ》な言葉を発せれば、自分の命が刈り取られるのではないかという感覚。目の前にいる男がドラゴンならば、自分は小さなネズミか何かだろう。その位の圧倒的な力の差を感じたロナルド。

何も言えずに唇を噛み締めていると、ヴィンセントは懐から書類を取り出した。

「お義父さん。お忘れではない、とは思いますが……念のため。この婚約が結ばれた時の取り決めに、こう書いてあります」

『ジョアンナがリネハンへ移動後は、ジョアンナに対する全ての義務や権利がリネハンへ移る』

ヴィンセントの婚約が王家によって強引に進められた際、ケルヴィンはマーランドについて調べていた。その報告の中で見つけた懐かしい名前。

実はジョアンナの母であるヴィヴィアンとは、結婚前に何度かお茶会で話したことがあった。彼女の娘であるジョアンナの境遇を知り、憤りと同情を覚えたケルヴィンは取り決めにあの一文を追加した。

婚約者を妹と交換するような非情な行いをする家にいるよりも、リネハン家で良い相手を見つけた方がジョアンナも幸せになれるのではないか。そうケルヴィンは考えたのだ。

すっかり契約のことを忘れていたロナルドは、虚ろな瞳で国王の署名の書かれた契約書を見つめている。

——くそっ！　こんなことになるなら、ジョアンナを家においておけばよかった。

ヴィンセントの身体のこともあり、この婚約が上手くいかなかった場合はリネハンでジョアンナに対する責任を持つと言われて署名した書類。ケルヴィンからの申し出を幸運だと思い、浮かれる気持ちで署名してしまったことをロナルドは悔やんだ。

その夜。ヴィンセントと別れて一人になったロナルドは、目の前にある宝の山に手を伸ばせないもどかしさとマーランドの未来に不安を感じながら、浴びるように酒をあおった。

結局、彼はジョアンナと二人きりで話す機会も持てずに、翌日静かにマーランドへと帰っていった。帰りの馬車では、後悔に胸を重くしたロナルドが吐く溜め息の音が何度も響いた。


ロナルドがマーランドに戻っていき、穏やかな日々を過ごしていたジョアンナ。

彼女にはひとつ気になっていることがあった。

——お父さまはなんの話もせずに帰ってしまったけれど、結婚はどうするのかしら？

ジョアンナは父がリネハンにやって来ると聞いて、両家で結婚の話をするものだと思っていた。

しかし、食事の席では結婚の話は全く出なかった。

それどころか、ジョアンナと話をすることもなく、すぐにマーランドへ帰ってしまった父。

——お義父さまとは当主同士で、話したのだと思うのだけれど……。

ジョアンナとヴィンセントの婚約は、婚約から一年後に結婚するという取り決めになっている。

昨年の十月に婚約し、今は七月なので、あと三か月で結婚の予定だ。

しかし、結婚についての話は全く進んでいなかった。

ヴィンセントの呪いが解けてから……彼のリハビリやケルヴィンが王都へ行ったりして、どこか慌ただしかった屋敷。最近はそれも落ち着いて、すでに元通りの日常に戻っている。

ヴィンセントも健康になったので、結婚するのならば結婚式を挙げるだろう。

もし、ジョアンナと予定通りに結婚する場合は、今頃は式の準備などで忙しくしているはずだ。

それなのにドレスの採寸すらしていないということは……恐らくそういうことなのだろう。

——やっぱり、ヴィンセント様も……今でも前の婚約者の方のことを想っているのかしら？

ジョアンナは少し前に聞いた話を思い出していた。

その日、たまたま一人で廊下を歩いていたジョアンナの耳に、曲がり角の先で楽しそうに話すメイドの声が聞こえてきた。

「ねえ、こないだ実家に帰った時に聞いたんだけど……。プリシラ様がまだ婚約していないって知ってる？」

「えっ？　あれから二年以上経っているのに？」

「そうなの！　あの可愛らしさだから婚約話は沢山届いているらしいんだけど、全部断っているんだって！」

「もしかして、まだヴィンセント様のことを想っていらっしゃるのかしら？」

無意識に耳を塞いだジョアンナは、それ以上聞きたくなくてその場から逃げ出してしまった。

この婚約は、ヴィンセントの呪いがあったから結ばれたものだ。

それがなくなった今、彼が元の婚約者の所へ戻ってもおかしくないのだ。

ずっと心のどこかでそう思っていたし、そうなった日のために心の準備もしてきたつもりだった。

今でも変わらずにお互いを想い合っているのならば、辛い思いをした二人が一緒になるべきなのだろう。

理解している頭とは裏腹に、彼と過ごした日々の思い出がジョアンナの胸で渦を巻く。

美味しい料理を食べて、「美味しいね」と笑い合ったこと。

「ガチャ」を回して、一緒に一喜一憂したこと。

初めて手を握られた日の温もり。

次々と、一緒に過ごしたヴィンセントの姿が頭をよぎる。

そして、ジョアンナは想像してしまった……彼の隣に自分じゃない女性がいることを。その途端、ジョアンナの胸は鉛のように重くなり苦しくなった。

このままでは、いけない。そんなことはジョアンナにもわかっていた。

しかし恋をしたこと自体が初めての彼女には、どうしたらよいのかもわからず、胸の奥に感じる痛みから目を背けることしかできなかった。

八月に入り、毎日暑い日が続いている。北に位置するリネハンは王都やマーランドよりは過ごしやすいものの、昼間には少し庭を歩くだけで汗が出るくらい暑い。

少し前から、「ガチャ」でエビロギアでは手に入らない果物や野菜が出るようになった。

それがあまりに美味しかったので、ケルヴィンはリネハンでも種などから育てられないかと考えた。すぐに農作物や植物に詳しい者が集められ、敷地内の一角に畑や温室を作り研究している。

そのため屋敷には多くの人が出入りしていて、ケルヴィンやヴィンセントはいつも忙しそうにしていた。


「ジョアンナ嬢、来週なのだけれど、避暑を兼ねてイレゴに行かないか？　イレゴには別荘があって、近くには大きな湖もあるんだ。それに魔の森にも近いから、薬草を採りに行ってもいい。どうかな？」

ある日、ヴィンセントと久しぶりに昼食を摂っていると、イレゴへの旅行に誘われた。

イレゴは屋敷よりも北にあるので、夏場は涼しくて過ごしやすいそうだ。

「子供の頃は、毎年夏になると家族でイレゴの別荘へ行ったな。俺が初めて行った魔の森は、イレゴの近くにあるんだ。そこで初めて魔物を倒したんだよ」

楽しそうにそんな話をする彼を見ていたら、ジョアンナもイレゴに強い興味が湧いてきた。

「はい！　ぜひ、行ってみたいです！」

「良かった！　それじゃ、一緒に行こう！」

ヴィンセントはとても嬉しそうに笑い、イレゴについて色々と教えてくれた。

イレゴへの出発の日の朝。セリーナとケルヴィンに見送られながら、ジョアンナたちを乗せた馬車はイレゴへと旅立った。

別荘は森の奥にあるようで、近づくにつれて木々が増えていく。

森を進むうちに、少しずつ地面も悪くなり馬車が大きく揺れることも増えてきた。長い時間そうした揺れと戦い、ジョアンナのお尻が限界に近づいた頃、馬車は別荘に到着した。

やっと着いたという思いに勢いよく馬車から降りると、少しひんやりとした空気が漂っていて自然の香りがする。大きく息を吸い込んで吐き出すと、心が落ち着き旅の疲れも軽くなるようだ。

別荘の前には、何名かの使用人が待っているのが見える。

「お待ちしておりました。ヴィンセント様、ジョアンナ様。この別荘の管理を任されているヒューゴと申します」

一番手前にいた、年配の身体の大きな男性が代表して挨拶をしてくれた。隣にいる少し小柄でふっくらとした女性は彼の妻のリタだ。この別荘はこの二人の夫婦が中心になって管理しているらしい。

ヒューゴはヴィンセントが子供の頃から、この別荘の管理をしているそうだ。彼はリネハンで騎士をしていたのだが、魔物の討伐時に大きな怪我を負ったことをきっかけに、この別荘の管理人になり夫婦でこちらに移り住んだのだと言っていた。

「わぁー……」

　リタの案内で用意してもらった部屋に入ると、窓の外の景色に目を奪われた。

　大きな窓からは湖が見え、水面《みなも》に太陽の光が反射していてとても綺麗だ。窓の外には広めのバルコニーがあり、椅子とテーブルが置かれている。この景色を見ながらお茶や食事をしたら、気持ちがよさそうだ。

「湖が一望できて眺めがいいでしょう？　今日みたいな天気の良い日は、夕暮れには湖が赤く染まって綺麗ですよ」

「それは素敵ね！　夕暮れまであと少しだから楽しみだわ」

「陽が落ちる頃には少し冷えてきますので、バルコニーに出る時には、膝掛けなどを使って暖かくしてくださいね」

　リタはそう言って柔らかく微笑んでから、コリンナに部屋の設備について説明し始める。

　ジョアンナがバルコニーに出て景色を楽しんでいると、コリンナがお茶を淹れてくれた。一緒に出されたのは、この辺りで採れる木の実を使った焼き菓子だ。素朴な味わいで、何個でも食べられそうなほど美味しい。

　そうして、お茶を飲みながら景色を眺めていると、部屋にヴィンセントがやって来た。

「ここからの眺めも素晴らしいね」

「本当に綺麗ですよね。さっきリタに、夕暮れには湖が赤く染まって綺麗だと教えてもらいました」

「夕日か……子供の頃に両親と見たような記憶はあるな。あと少しで陽も落ちそうだし、一緒に見ようか」

「はいっ！」

ジョアンナは期待に胸を高鳴らせて、輝く笑みを浮かべた。

二人が他愛のない話をしながら並んで景色を眺めていると、少しずつ陽が落ちて冷たい風が吹いた。無意識に二の腕をさするジョアンナ。その肩にヴィンセントは上着を脱いでそっとかける。

「あ……ありがとうございます。でも、ヴィンセント様も冷えてしまいますので……」

「俺は大丈夫だから、よかったら使って！」

そう言って柔らかい笑みを浮かべた彼を見て、ジョアンナも微笑んだ。肩にかけられた上着は温かくて、かすかに甘い香りがする。ジョアンナはなんだか急に恥ずかしくなり、熱くなってきた。そんな彼女の頬は赤く染まっている。

バルコニーに差し込む陽の光も、少しずつ赤く色づいてきた。

そっとジョアンナが隣を見ると、夕陽を浴びたヴィンセントの横顔が見える。瞳には湖が映り込み、煌めいて美しい。いつまでも見ていたいと思ってしまう。

――このまま、時間が止まってしまえばいいのに……。そうすれば…………。

ジョアンナは日増しに膨れ上がっていく愛しさと胸の痛みに苦しくなり、彼から目を逸らして真っ赤に染まる湖を見つめた。

翌日、ジョアンナは陽の光を浴びて輝く湖を眺めながら、バルコニーで朝食を摂っていた。

朝は少し肌寒いが、空気が澄んでいて気持ちがいい。

温かいスープにパン。フワフワのオムレツとサラダ。

パンは焼き立てで、ちぎるたびに湯気と小麦の良い香りが広がる。

別荘の料理人でもあるヒューゴが作ってくれた料理はどれも美味しかったが、ジョアンナはサラダの美味しさに驚いた。使われている野菜が驚くほど瑞々《みずみず》しい。コリンナに聞いてみたところ、どうやら別荘の裏に畑があり、今朝採れたばかりの野菜を使っているそうだ。サラダのソースには魔の森で採れる植物が使われているらしく、こちらも良い香りがして美味しい。

いつもより笑顔が多く、ご機嫌な様子のジョアンナ。実は、今日は魔の森へ行って薬草を採取することになっているのだ。いつも使っている薬草などの素材が、どのような場所に生えているのかを見ることができる。それが楽しみで仕方なかった。

「おはよう、ジョアンナ嬢」

「おはようございます！」

「今日の格好もとても似合っているね！」

一階に降りていくと、ヴィンセントが先に来ていた。彼の周りでは騎士たちが荷物の確認や打ち合わせなどをしていて、少し慌ただしい雰囲気だ。

今日のジョアンナはいつものドレスではなく、森歩きができるパンツスタイル。冒険者と呼ばれる、魔物の討伐などでお金を稼いでいる者たちが着ているような服らしい。

この服には、高級な魔物の素材がふんだんに使われている。とても頑丈なので、今日訪れる魔の森にいる弱い魔物に襲われても、傷ひとつつかないそうだ。

腰には革のベルトを巻いて、ナイフやマジックバッグも付けている。鏡で見るとなかなかカッコ良くて、本当に冒険者になったような気分だ。

ジョアンナはこの格好が結構気に入っていたので、ヴィンセントに褒められてご機嫌だった。

ヴィンセントの腰にも、ジョアンナと同じマジックバッグが付いている。どちらも「ガチャ」で手に入れたマジックバッグだ。このバッグはサイズが小さい割に容量も大きく、時間停止機能も付いている優《すぐ》れ物だったりもする。


別荘から馬車で一時間ほどで魔の森に着いた。

車窓からは普通の森と同じに見えていたが、馬車から降りて空気を吸い込むと少し重苦しいような感じがする。これは魔素と呼ばれるものがこの辺りに満ちているからだ。この魔素が濃い場所では魔物が生まれやすく、そういった森を魔の森と呼んでいるらしい。

騎士に前後を挟まれる形で、魔の森に入っていく。

隣にはヴィンセントとコリンナがいて、左右を挟まれている形だ。コリンナは護衛もできるらしく、腰には短剣を二本下げている。

「ジョアンナ嬢、そんなに緊張しなくても大丈夫だよ。この辺りは小さな魔物しか出ないから」

あまりにもジョアンナが緊張しているので、ヴィンセントが笑いながら声をかけてきた。

「ヴィンセント様がいれば、たとえオークが出ても一瞬で倒してしまいますよ！」

「自分も初めて魔の森に来た時は、緊張で膝が震えていました！」

周りにいる騎士たちも笑顔で声をかけてくれる。温かい雰囲気の中で皆と話しながら歩いていると、ジョアンナも次第に緊張が解けて笑顔が増えていった。

「あっ！　あれが、いつも使っている薬草だよ！」

「どれですか？」

ヴィンセントが指を差した辺りを見ても、草が沢山あって見分けがつかなかった。彼はジョアンナを薬草の近くまで案内すると、しゃがんで指差す。そこには見慣れた薬草があった。

「これは、根を残すとまた生えてくるから、茎をこのくらい残して採るといいって本に書いてあったよ」

ヴィンセントの話によると、以前は結構適当に薬草などを採取していたらしい。

しかし、きちんとした方法で採取すると、次の葉が生えるのが早くなったり、素材の品質が良くなることがわかったそうだ。

ジョアンナの調合室で読んだ本には、そういったことが沢山書かれていた。ヴィンセントは本から得た知識を、これからの採取や討伐にも役立てようと思っているらしい。

ジョアンナはヴィンセントにやり方を教えてもらいながら、初めての薬草採取に挑戦した。

葉を持ち上げて、茎をナイフで慎重に切っていく。細い茎なのですぐに切れた。薬草を手に持つと、嗅《か》ぎ慣れた匂いがする。

ジョアンナが笑顔で薬草をヴィンセントに見せると、彼も嬉しそうに笑ってうなずいた。

それから、しばらくの時間、二人はしゃがんで薬草の採取を続けた。

ジョアンナに教えるヴィンセントの話を聞きながら、騎士たちも本に書かれているやり方で薬草を採取している。

周りで魔物を警戒している騎士たちも、その様子を見ながら微笑んでいる。そんな和やかな雰囲気で採取は続いていった。


「ホーンラビットです！」

突然の騎士の緊迫した声に、ジョアンナは顔を上げる。

周囲では「ガチャリ」という金属音がいくつも聞こえ、騎士が武器を構えて一点を見つめていた。ヴィンセントとコリンナも、警戒した表情でジョアンナを守りながら武器に手をかけている。

皆が見つめている方向を見ると、灰色の少し大きめの兎のようなものが何匹かこちらに向かってくるのが見えた。頭には尖った角があり、兎よりも獰猛《どうもう》な目をしている。

――これが、ホーンラビット!?　思ったより大きいし動きも早いわ！

「妙だな……数が多いし、こっちに向かってきているぞ」

「見てください！　後ろにブラックウルフがいます！」

騎士の指差す方向を見ると、二匹の黒い大きな魔物がすごい速さでこちらに向かってきている。

一気に緊迫した空気が高まった。ヴィンセントやコリンナも剣を抜き、戦闘態勢に入る。

「コリンナ！　彼女を任せた！」

ヴィンセントは騎士たちに指示をしながら、二名の騎士を引き連れてブラックウルフへ向かって駆け出した。

残った騎士たちはホーンラビットを一匹ずつ討伐していく。さすがと言うべきだろうか……騎士たちの動きは無駄がなく、あっという間にホーンラビットは倒された。

ジョアンナがヴィンセントの走った方を見ると、ブラックウルフとヴィンセントたちがぶつかるところだった。

ブラックウルフは自分の獲物が取られたことに腹を立てているのか、低い唸《うな》り声をあげ、イラついているように見える。

一匹のブラックウルフが騎士に襲いかかった。騎士たちは二人がかりで相手をする。

もう一匹のブラックウルフはヴィンセントに狙いを定めたようだ。互いに牽制しながら向かい合っていたかと思うと、ブラックウルフがヴィンセントへ大きく飛びかかってきた。

「ヴィンセント様！」

ジョアンナはとっさに手を伸ばして、駆け出そうとする。それをコリンナがそっと押さえた。

祈るような気持ちでヴィンセントを見ていると、彼は飛びかかってきたブラックウルフをかわしながら、見えないほどの速い動きで剣を振った。

ブラックウルフは勢いのままに木にぶつかり、そのまま動かなくなる。よく見ると、首が地面に落ちているのが見えた。

　ヴィンセントはすぐに騎士たちの方へ駆け出して、もう一匹のブラックウルフにもあっという間にとどめを刺した。

　ジョアンナはホッとしたせいか急に足に力が入らなくなり、コリンナに支えてもらいながら少し離れた場所にある岩に腰かけた。

　ヴィンセントは騎士たちに指示を出し終わると、ジョアンナの元に走って戻ってきた。

「ジョアンナ嬢、大丈夫かい？」

「はい。安心したら急に力が抜けてしまって……」

「すまない。この辺りにブラックウルフのような大きな魔物が出ることはないのだが、どうやらホーンラビットを追って出てきてしまったようだ。怖かっただろう……」

「大丈夫です。皆さん、慣れた動きであっという間に倒してしまったので驚きました。ヴィンセント様が戦っている姿も見えましたが、とっても素敵でした！」

　最後の方は思わず声が大きくなってしまい、ジョアンナはなんだか恥ずかしくなり俯いてしまった。彼女の耳はほんのりと赤くなっている。

　そんな彼女を見て、ヴィンセントは手で口元を押さえて視線をさまよわせた。よく見ると、彼の耳も少し赤みが差している。

　そんな若い二人の初々しいやり取りを、周りの者は温かい目でそっと見守っていた。

　しばらくすると、辺りの様子を見に行っていた騎士たちが戻ってきた。どうやら、近くに危険な魔物はもういないようだ。

その後も魔の森の浅い部分を中心に歩き、薬草や木の実などの採取を楽しんだ。何度か小さな魔物に襲われたりしたものの、すぐに騎士が討伐したのでヴィンセントは剣を抜くことすらなかった。

その日の夕食は、ホーンラビットの肉を使ったシチューが食卓に並んだ。

やわらかく煮込まれた肉は癖がなく、大きな野菜がゴロゴロと入ったシチューは、とても優しい味がした。

翌日、ジョアンナとヴィンセントは湖に来ていた。

湖の近くには何種類かの鳥がいるようで、色々な鳴き声が聞こえてくる。

湖の水は澄んでいて、覗き込むと小さな魚が泳いでいるのが見えた。

この湖では魚釣りもできるそうだ。

湖のほとりを二人で話しながら歩いていると、時折、強い風が吹いて水面が小さく揺れる。

ジョアンナは隣に並ぶヴィンセントをチラリと見た。

今日の彼はなんだか口数が少なく、いつもと雰囲気が違う。ジョアンナはそれに戸惑いを感じていた。

「ジョアンナ嬢、ボートに乗らないか？」

ボートが置いてある辺りまで来たところで、ヴィンセントはジョアンナをボートに誘った。

この湖の真ん中には小さな島があり、そこへボートで行くことができるそうだ。

ヴィンセントが先にボートに乗り込み、手を差し出した。ジョアンナはその手を借りてボートに足を乗せる。

「きゃっ！」

ボートがグラリと揺れた。ジョアンナは思わず悲鳴をあげて、ヴィンセントにしがみつく。

「大丈夫？」

ヴィンセントはジョアンナを抱きしめ、優しく声をかけた。水面で小さく揺れるボートの上で、ヴィンセントはジョアンナを支えながらゆっくりと座らせる。

「ありがとうございます」

「結構揺れるから、初めてだとビックリするよね」

ジョアンナの向かいに座ったヴィンセントはオールを持つと、慣れた様子で漕《こ》ぎ始めた。

二人の乗ったボートは、コリンナやダニー、騎士たちに見送られながら岸を離れると少しずつ島へ向かって進んでいく。

水に浮かぶ感覚や、ボートが進む時に受ける風。飛んでくる小さな水飛沫《みずしぶき》。

見下ろせば澄んだ水の中に魚が見えたりして、初めて乗ったボートはとても楽しい。

途中でジョアンナもオールを借りて少し漕がせてもらったが、その場で回転してしまい全く進まなかった。それに二人で大笑いしながら、少しずつボートは進んでいき島に着く。

ボートから降りる時にも、少しボートが揺れてジョアンナは悲鳴をあげながらヴィンセントにしがみついた。それに二人で大笑いする。

そのままエスコートされる形でヴィンセントの腕に手を重ねたまま、島を歩いていく。

この島の中心はガゼボになっていた。テーブルと椅子が置いてあり、その周りは花壇に囲まれている。ヴィンセントはジョアンナを席までエスコートすると、マジックバッグからお菓子などを取り出して、慣れない手つきで並べていく。

準備が整ったところで、彼はポットに入っているお茶をカップに注いで、ジョアンナの前に置いた。

ジョアンナはカップを手に取りお茶をひと口飲むと、チラリとヴィンセントを覗き見た。やっぱり彼の様子がおかしくて、落ち着かない。

ジョアンナは嫌な予感と不安を感じながらも、なんとか表情を崩さないようにしていた。

そうして二人は、しばらく無言でお茶を何杯も飲み続けた。

気まずい空気が続く中、ジョアンナの耳にカップを皿に戻す音が聞こえた。その音に目を向けると……突然、ヴィンセントが立ち上がり、ジョアンナの前に来て静かに跪《ひざまず》いた。

——遂に……この時が来たのね。

お茶を飲みながら彼の様子を見ていて、言いづらい話があることを感じていた。

ジョアンナは、これから言われるのであろう別れの言葉から逃げ出したかった。しかし、なんとか微笑みを浮かべて彼の言葉を待った。

ヴィンセントはしばらく逡巡《しゅんじゅん》した後で、懐から小さな箱を取り出して震える指でそっと開いた。

その箱には赤い石の付いた銀色の腕輪が入っている。

ジョアンナは全く予想していなかった展開に頭が真っ白になり、目を丸くしたままでその腕輪を見つめている。

「ジョアンナ嬢、この腕輪を受け取ってもらえないだろうか？　リネハン家では自分で討伐した魔物から手に入れた魔石を使って腕輪を作り、それを結婚相手に贈るという伝統がある。この腕輪を作るのに随分と時間がかかってしまったが、どうか受け取って欲しい……そして俺とともに生きてくれないか？」

ジョアンナの瞳から大粒の涙がこぼれた。

すぐに想いを伝えたいのに、喉が震えて声がなかなか出てこない。

ヴィンセントは、真剣な瞳で祈るようにジョアンナを見つめている。

なんとか首を動かし、縦に振ると……ヴィンセントから緊張した雰囲気が消えて、顔には笑顔が浮かぶ。

「本当にいいの？」

ジョアンナは無言で何度も首を縦に振った。そんなジョアンナにヴィンセントは遠慮がちに手を伸ばして、そっと抱きしめる。彼女の震える身体を包みながら、どんどん腕に力がこもっていく。

しばらくそうして二人は、ただ抱きしめ合った。

ジョアンナが泣き止んで顔を上げると、間近にヴィンセントの瞳が見えた。二人はそのまま息がかかるほどの距離で見つめ合い、少しずつ顔を近づけて初めての口づけを交わした。

重ねた唇が離れると、ヴィンセントは優しくジョアンナを抱きしめた。二人の頬は熱を持ち、赤く色づいている。お互いの温もりを感じながら、二つの心臓が大きく震える音だけが耳の奥で聞こえていた。

心臓の音がいつもと同じくらいの速さになった頃、どちらからともなく顔を上げて二人は微笑んだ。ヴィンセントは箱から腕輪を取り出して、ジョアンナの右手にそっとつけた。

ジョアンナは腕輪のついた右手を見つめて、幸せそうに微笑む。

「ジョアンナ、と呼んでもいいかな？」

「はい」

「ジョアンナ、愛している」

「私も……愛しています」

二人は微笑み合い、もう一度唇を重ねた。

エピローグ

ボートを下りた二人は、どこか緊張した様子の騎士たちに出迎えられた。

照れくさそうに笑いながらヴィンセントがうなずくと、騎士たちがどっと声をあげてヴィンセントをもみくちゃにする。笑顔の騎士たちに肩を叩かれたりしながら、ヴィンセントも嬉しそうに笑っている。

その輪の少し外で柔らかく微笑むコリンナ。その隣にいるダニーは真っ赤になった鼻をすすりながら、乱暴に袖口で目元を拭《ぬぐ》っている。

そんな彼らを見つめながら微笑んだジョアンナの髪が風になびき、髪を押さえた右手の腕輪がキラリと光った。

その日の夜は、ヒューゴが腕によりをかけた料理がテーブルに並んだ。

コリンナやダニー、そして騎士たちも一緒にテーブルを囲んで、二人を祝福する。

賑やかな食堂で沢山の美味しい料理を食べながら、年上の騎士たちがヴィンセントの子供の頃の話をしている。ジョアンナは楽しげにその話に耳を傾ける。

途中から他の人に給仕を任せたヒューゴも席に着き、その輪に加わった。

子供の頃から知られているせいか、彼らに頭の上がらない様子のヴィンセントは、困り顔で彼らにからかわれている。

少し酒が入ったせいだろうか……。感極まったヒューゴが顔を真っ赤にして泣き出して、それにつられて涙を流す騎士たちが何人も出た。

そんな彼らを見て困ったように笑いながらも、ヴィンセントの瞳は少し潤んでいた。

次の日からの二人は魔の森に行ったり、湖で釣りをしたりしながら、楽しい日々を過ごした。

あっという間に時間は過ぎていき、屋敷に帰る日がやってきた。すっかり仲良くなった別荘の人たちに見送られて、ジョアンナたちを乗せた馬車は別荘を発つ。

少しずつ遠ざかる別荘を見つめているジョアンナの瞳は、とても寂しそうだ。

「また遊びに来よう。葉の色が変わった秋の湖も綺麗だし、冬は雪が積もるから来たことはないけど……春には花が沢山咲いて綺麗だよ」

元気づけようとして話すヴィンセントの優しさが嬉しくて、ジョアンナは笑顔になる。

「はい！　魔の森の植物も季節で変わるんですか？」

「秋にはキノコが生えてるし、春には花が咲いているよ…………」

それから二人は、顔を寄せ合い楽しそうに話し始めた。

ジョアンナは本で読んだ植物や魔物などについて、次々と質問している。

ヴィンセントはその質問に、ひとつずつ答えていく。

行きの馬車よりもグッと近い距離で話す幸せそうな二人を見て、向かいに座っているコリンナとダニーは顔を見合わせて微笑んだ。

小石を撥《は》ねた馬車が少し揺れて、ジョアンナは目を覚ました。いつの間にか寝てしまっていたようだ。

隣を見ると、ヴィンセントも気持ちよさそうに眠っている。

無防備な彼の寝顔を見つめながら、まつ毛の長さなどを観察していると……馬車が小さく揺れて、ヴィンセントの髪が顔にサラリと落ちた。

ジョアンナは向かいにいるコリンナとダニーが起きていないことを確認してから、ゆっくりと手を伸ばして彼の髪に触れた。

触り慣れた自分の髪とは違う感触にドキッとしたジョアンナは、ぎこちない手つきで何度か髪を撫でる。

彼女の胸には、ヴィンセントへの愛しさと一緒に甘い幸せが広がっていった。

しばらくそうしていたジョアンナは手を止めると、緊張した表情でゆっくりとヴィンセントの肩に頭を乗せた。

触れた部分から少しずつ伝わってくる彼の温もりを感じながら、ジョアンナは瞳を閉じる。

ジョアンナが十五歳の時に授かった【ログインボーナス】。

そのスキルが役に立たなかったせいで父親や婚約者に捨てられて、リネハンへやって来た。

リネハンの人たちはスキルに関係なく、ジョアンナという一人の人を見つめて大切にしてくれた。

【ログインボーナス】が変化してからも、全員でジョアンナを守ってくれた。

そして【ログインボーナス】で手に入れたスキルや数々の貴重な素材のおかげで、ヴィンセントの呪いを解くことができた。

「どんなスキルでも、その人に必要だから神様は授けるのよ」

いつか母が言っていた言葉の意味が、今ならちゃんと理解できる。

この【ログインボーナス】は、神様がヴィンセントを救うためにジョアンナに与えてくれたものだ。

辛い思いも沢山したけれど、この【ログインボーナス】を授かれたことを心から幸せに思う。

これからも、色んなことが起こるかもしれない。

それでもヴィンセントと一緒ならば、乗り越えられないことはないだろう。

小さな恋の終わり

「今日は来てくれてありがとう。彼女がヴィンセントの婚約者かい？」

「婚約、おめでとう。紹介するよ、婚約者のジョアンナだ」

今日はヴィンセントの幼馴染の婚約パーティーだ。出席者は子供の頃からヴィンセントが親しくしていた人ばかりで、彼は久しぶりに会う友人との再会を楽しんでいた。

次々と声をかけてくる人たちと笑顔で挨拶を交わしながら、ジョアンナを紹介していく。

ひと通り挨拶を終えたところで、ヴィンセントはジョアンナをバルコニーへ連れ出した。

「すまない。疲れただろう？　冷たい飲み物を持ってくるよ」

ジョアンナは近くに誰もいないバルコニーで風にあたると、肩から力が抜けていくような感じがした。

バルコニーの下に広がる広大な庭には夏の花が咲いている。風の中にかすかな花の香りを感じ、その心地よさにジョアンナは目を閉じた。

ふと、振り返るとヴィンセントが二つのグラスを持ち、こちらに向かってきているのが見えた。彼はジョアンナと目が合うと笑顔を浮かべてグラスを軽く上げる。

「お待た……」

「ヴィン兄さま！」

彼がジョアンナに向けた声と重なる、愛らしい声。それが聞こえた方向に視線を向けると、天使のように可愛らしい女性が輝く笑顔を浮かべて彼の服を掴んでいるのが見えた。

「あっ……」

ヴィンセントしか見えていなかったらしい彼女は、彼の背後にジョアンナの姿を見つけて驚いた表情を見せた。口に手を当てて、丸くなった瞳でジョアンナを見つめている。もう一方の手は彼の服を掴んだままだ。

蜂蜜色の髪に柔らかい琥珀色の瞳の彼女を見て、ジョアンナの脳裏に一人の女性の名前が浮かぶ。

それと同時に、その名前を口にするヴィンセント。

「プリシラ……」

やはり、という気持ちとともに、ジョアンナの胸にはこれまで感じたことのない感情が押し寄せてきた。

それに戸惑っている自分の心とは裏腹に、なぜか顔は勝手に笑顔を浮かべる。

まるで自分が別の生き物にでもなったかのような気持ち悪さを感じながら、ジョアンナは微笑んでいた。

プリシラと呼ばれた女性は、しばらく立ち尽くしていたが遠慮がちに口を開いた。

「あの……ヴィン兄さまが見えたので申し訳ありません」

眉を下げて叱られた子供のような表情を見せる彼女はジョアンナよりひとつ年上のはずだが、思わず守ってあげたくなる少女のようなあどけなさがある。

「あの……」

ここにいたくないと感じたジョアンナが、逃げ出すための言葉を紡ごうとすると……。

「久しぶりだね、プリシラ様。紹介するよ、私の婚約者のジョアンナだ」

そう言って、プリシラの手を振り解くようにしてジョアンナの元に移動し、背中にそっと手を伸ばしたヴィンセント。

背中に感じる力強い温もりに、ジョアンナの胸に広がっていた得体の知れない感情が少しずつ消えていく。気がつけばさっきまで浮かべていた気持ち悪い作り笑いが顔から消えていた。

「はじめまして、プリシラ様。ジョアンナでございます」

挨拶を終えてそっと顔を上げると、目の前の彼女が少し寂しそうに笑う。その表情を見たジョアンナの胸はチクリと痛んだ。

「……はじめまして、ジョアンナ様。ヴィンセント様の幼馴染のプリシラと申します」

彼女は少しの時間、目を閉じた。

そして、目を開けると柔らかな笑みを浮かべてヴィンセントを見つめる。

「ヴィンセント様のお身体が完治されたと聞いておりましたが、また元気なお姿を拝見できてとても嬉しく思います。ご婚約おめでとうございます」

二人と別れてバルコニーから出てきたプリシラに、そっと近づく男がいた。

「ヴィンセント君とは話せたかい？」

聞き慣れた兄の声に、さっきまで張っていた気持ちが少し緩み瞳を潤ませたプリシラ。

「……はい」

そう寂しそうに呟いた後で、そっと背後のバルコニーを振り返る彼女。

視線の先には、さっきまで心細そうに作り笑いを浮かべていた彼の婚約者が、自然な笑みを浮かべていた。彼女の腕には、赤い石の付いた銀色の腕輪が光っている。

小さな頃にセリーナから腕輪の話を聞いてから、その腕輪を彼から贈られる日をずっと夢見ていたプリシラ。彼女の瞳から大粒の涙がひとつ、こぼれ落ちた。

霞む視界の先には、自分の知らない元婚約者の姿があった。見たこともない優しい顔で愛しそうに隣にいる女性を見つめている。それは、プリシラが一度も向けられたことのないものだ。

プリシラは彼が大好きだった。

カッコよくて、なんでもできて、優しい彼が大好きだった。

小さなわがままを言っても、笑って叶えてくれる彼が大好きだった。

お茶会などで女の子の視線を独り占めしている彼が自慢だった。

そんな彼の特別な存在は自分だけだと、思っていた。

自分でひどいことをしてしまったのに、彼が元気になったと聞いて、またあの頃みたいに笑って許してくれると心のどこかで信じてしまっていた。

あれから何年も時間が過ぎているのに、自分の心だけが変われずにいた。

家族が自分に甘いのをいいことに、婚約話から逃げ続け、心のどこかで彼が迎えにきてくれることを夢みていた……いや、さっき彼が初めて自分に向けた他人行儀な態度や視線、それを見るまで信じていたのだ。

いつも呼び捨てだった自分の名前を、初めて「プリシラ様」と呼んだ。

それを聞いた瞬間、目の前にいる彼との距離が見え……初めて「終わり」を受け入れられた。

「どうして、あの時……」

ヴィンセントの部屋を訪れたあの日から、何度も、何度も……思い続けてきたことだ。

しかし、時間が経ち少し大人になった彼女は、どこかで時間が戻せないことも理解していた。

それでも手放せずにいた恋が、さっき終わりを迎えてしまった。

プリシラにとっては、初めての大切な大切な恋だった。

彼女はそっと瞳を拭《ぬぐ》うと顔を上げて、心配そうにこちらを見ている兄に微笑んだ。

「あのお話、お受けしますわ」

それは、プリシラのもう一人の幼馴染でもある、ある伯爵家のとても優しい男性との婚約話だった。

ヴィンセントの腕輪作り

ヴィンセントは魔の森を歩いていた。

彼の腰には、ジョアンナが［ガチャ］で手に入れたマジックバッグが揺れている。このマジックバッグのおかげで大きな荷物を持たずに身軽に動けたこともあり、予定よりも早く目的地に到着した。

魔の森の奥地にある目印を見つけた一行は、野営の準備を始めた。訓練された騎士たちは寝床の準備や夕食作りを手際よく進めていく。

さっき倒したばかりの魔物の肉を串に刺し終わると、数名の騎士がすぐに焼き始めた。辺りには焼けた肉の香ばしい香りが広がっている。

肉が焼き上がると、彼らは交代で食事を摂った。少しの酒が入った騎士たちの愉快な話し声が響く。

そんな彼らに迫る、ひとつの大きな影があった。レッドスパイダーだ。

月明かりに照らされた薄暗い森に、獲物を見つめる瞳が光る。ガサリガサリと落ち葉を踏み締めて、それは少しずつヴィンセントたちの元へと近寄っていた。

レッドスパイダーの接近に最初に気がついたのは、仲間たちの輪から外れて一人で用を足していた騎士だった。

水の落ちる音しか聞こえていなかった彼の耳に、葉を踏み締めるような音が届く。音のした方角に顔を向けると、こちらには目もくれずに仲間に近づく大きな影が見えた。

わずかな光を浴びて浮かび上がる赤に、その正体を知る。

背には槍を刺したままだが、自身の力では到底敵いもしない強敵を前にその男は息を飲んだ。

男はすぐに懐に手を入れ、小さな笛を取り出した。

ピー、ピピピー……ピー、ピピピー………。

少し離れた場所から聞こえる敵襲を知らせる笛の音に、さっきまで寛いでいた騎士たちが立ち上がり武器に手をかけた。一瞬で静まり帰ったその場には、焚き火の弾ける音と、武器が擦れる金属音、そして葉を踏み締める音だけが響く。

お互いの背を守り合いながら、辺りを見渡す彼ら。呼吸をすることも憚《はばか》られるほど張り詰めたその場所に、一人の騎士の声が響く。

「西の方角！　大型のレッドスパイダー！」

その声を耳にした男たちが一斉に西に目を向けると、暗い森の奥から赤いものがこちらに迫っているのが見えた。いくつかの指示が飛び交う中、大きな盾を持った者たちが先頭を走りレッドスパイダーの正面で盾を構える。

その後ろを走るヴィンセントの顔には笑みが浮かんだ。

「ヴィンセント様！　遂に奴に会えましたね」

「ああ、やっとだ……」

最近のヴィンセントは、このレッドスパイダーを探して魔の森に通っていた。

魔物は体内に、魔石と呼ばれる魔力のこもった石を持っている。魔石は魔道具にも使われるが、上質なものはその美しさから装飾品としても人気があった。

リネハン家では、自分で討伐した魔物から手に入れた魔石を使って腕輪を作り、妻となる女性に贈るという伝統があった。

子供の頃、祖母が祖父から腕輪を贈られた時の話をしてくれたことがある。祖父は祖母のために命がけで魔物を倒して、顔を真っ赤にしながら祖母にプロポーズをしたのだという。

赤い石の付いた腕輪を撫でながら、優しい笑みを浮かべた祖母の顔を覚えている。

「ヴィンセントが大人になって好きな人ができたら、どんな腕輪を作るのかしら？」

楽しそうにそんなことを言いながら、ヴィンセントの頭をそっと撫でた祖母。

そんな話を聞きながらも、ヴィンセントの関心は腕輪ではなく、祖父が倒したという魔物に向いていた。どんな魔物をどんな風に倒したのか……そんなことばかり、熱心に質問したような気がする。

――あの時は、自分がこんな気持ちになるなんて想像もできなかったな。

リハビリを続け、剣が握れるようになった頃、母の腕に輝く腕輪が目に入った。

それを見たヴィンセントはあの時の祖母の顔を思い出し、ジョアンナに最高の魔石の付いた腕輪を贈りたいと思うようになった。

懸命にリハビリを続け、ある程度、剣が扱えるようになったヴィンセント。そんな彼がジョアンナに贈る魔石に選んだのは、彼女の赤い瞳を連想させる、魔の森の奥地でまれに出るレッドスパイダーだった。

ヴィンセントは時間があれば魔の森に通い、レッドスパイダーを探し求めていた。

大きな衝撃音とともに、盾を持った男たちとレッドスパイダーがぶつかった。

一人の大柄の男が吹き飛ばされて木に激突する。運の悪いことにその男は頭を打ってしまい、立ち上がれずにいる。

男は木にもたれかかりながらも、必死にレッドスパイダーの方に目を向ける。視線の先では、盾を構えた二人の仲間がレッドスパイダーに押されて少しずつ後退している姿が見えた。彼らがレッドスパイダーの動きをかろうじて抑えているところに、ヴィンセントが襲いかかる。

多くの騎士たちが見守る中、ヴィンセントは果敢にレッドスパイダーに向かった。

しかし、長い脚に阻まれて体になかなか到達できない。レッドスパイダーの体はどこも硬くてなかなか刃が通らないようだ。

それでも何度も向かっていったヴィンセント。辺りには斬撃の音が響く。

長い時間。そうして攻防を続けていたレッドスパイダーの体が……突如、右に傾いた。

レッドスパイダーの右側の脚が一本斬られ、切断面から黒っぽい液体が飛び出している。そこにヴィンセントが大きく飛び上がり迫った。

一瞬差し込んだ月灯りに銀色の髪が光るのと同時に、青い刃が一筋の光の線を描《えが》く。

そして数歩力なく進んだレッドスパイダーは、動きを止めて倒れ込んだ。

一瞬の静寂の後、騎士たちから勝鬨《かちどき》があがる。

荒い息を吐いているヴィンセントに、興奮した騎士たちが抱きついてきた。

「やりましたね！」「おめでとうございます！」

そんな祝福の言葉が飛び交う中、ヴィンセントの額《ひたい》からは大粒の汗がいくつも流れた。興奮した騎士たちの隙間から、倒れているレッドスパイダーが見えた瞬間……ヴィンセントの胸にはなんとも言えない喜びが広がる。

騎士たちが見守る中、ヴィンセントは自らの手でレッドスパイダーから魔石を取り出した。

丁寧に血を拭《ぬぐ》った魔石が、月明かりを浴びて赤く光る。

それを見た彼の脳裏には、この魔石の付いた腕輪を身につけたジョアンナの姿が浮かび、思わず笑みがこぼれる。


野営地に戻り、焚火を囲みながら喉を潤したヴィンセント。

静かに揺れる炎を眺めていた彼は、そっと愛用の剣を撫でた。

これまで、自身のスキルに誇らしい気持ちを抱いたことはあったが、祖父や父も同じスキルを持っていたので、どこか当たり前のようにも感じていた。

先ほどのレッドスパイダーとの戦闘。ヴィンセントは、初めて魔物との闘いの中で命の危機を感じた。

このスキルがなければ、きっとレッドスパイダーを倒すことなどできなかっただろう。

今回の戦闘はジョアンナに贈る腕輪を作るためのものだったが、この戦闘を通じてリネハンの当主としての覚悟のようなものがヴィンセントの中に生まれた。

愛する人を守ること

リネハンの民を守ること

この地を守ること

この【剣聖】のスキルは、神様がこの地を守るためにヴィンセントに与えてくれたものだ。

ヴィンセントの瞳には、これまでになかった力強い色が宿っていた。

その夜。

魔の森には、興奮した騎士たちと、上機嫌なヴィンセントの楽しそうな声が絶えなかった。

本書に対するご意見、ご感想をお寄せください。

あて先

〒162-8540 東京都新宿区東五軒町3-28
双葉社　Mノベルス f 編集部
「碧井ウタ先生」係／「わか先生」係
もしくは monster@futabasha.co.jp まで

Mfノベルス

役《やく》立《た》たずスキル【ログインボーナス】で捨《す》てられた令嬢《れいじょう》が、本当《ほんとう》の幸《しあわ》せをつかむまで

2024年6月11日　第1刷発行

著　者　碧井《あおい》ウタ

発行者　島野浩二

発行所　株式会社双葉社
〒162-8540　東京都新宿区東五軒町3番28号
［電話］03-5261-4818（営業）　03-5261-4851（編集）
http://www.futabasha.co.jp/（双葉社の書籍・コミック・ムックが買えます）

印刷・製本所　三晃印刷株式会社

［電話］03-5261-4822（製作部）
ISBN 978-4-575-24745-9 C0093